图画书研究
MOOK

# 画里话外

Within Pictures
Beyond Texts

01

## 儿童的想象

陈晖 [法]苏菲·范德林登 [美]伦纳德·S. 马库斯/主编

南京大学出版社

图书在版编目（CIP）数据

儿童的想象 / 陈晖，(法）苏菲 · 范德林登，(美)
伦纳德 · S. 马库斯主编. -- 南京：南京大学出版社，
2019.5
（画里话外）
ISBN 978-7-305-21918-4

Ⅰ. ①儿… Ⅱ. ①陈… ②苏… ③伦… Ⅲ. ①儿童故事
－图画故事－文学研究 Ⅳ. ① I058

中国版本图书馆 CIP 数据核字 (2019) 第 066634 号



出版发行 南京大学出版社
社　　址 南京市汉口路 22 号
邮　　编 210093
出 版 人 金鑫荣
项 目 人 石　磊
策　　划 刘红颖
特约策划 奇想国童书

丛 书 名 画里话外
书　　名 儿童的想象
主　　编 陈　晖　[法] 苏菲 · 范德林登　[美] 伦纳德 · S. 马库斯
责任编辑 张　珂　宋冬昱
责任校对 王雯杰
特约编辑 郑宇芳　殷学连
装帧设计 田丽丹　程　然

印　　刷 北京利丰雅高长城印刷有限公司
开　　本 880 × 1230　1/16　印张　5.25　字数　110 千
版　　次 2019 年 5 月第 1 版　2019 年 5 月第 1 次印刷
印　　数 1-6000
ISBN 978-7-305-21918-4
定　　价 78.00 元

网　　址：http://www.njupco.com　官方微博：http://weibo.com/njupco
官方微信号：njupress　销售咨询热线：（025）83594756

画里

话外

目录

主编的话



话　题



聚　焦



话　题



聚　焦



话　题



聚　焦

# 为中国原创图画书的现在与未来

主编的话

文／陈 晖

关于中国原创图画书现在和未来的讨论，需要一些前提条件及语境的设定。我们需要将图画书认定为“以图为主，通过图画和文字相互配合，实现信息的传递与故事的讲述”的一种图书形式，认定其发端于欧美，是一个多世纪以来新兴的儿童读物品类，认定图画书除了文学的内涵，更多的含有绘画、设计等视觉艺术的内容表达，并以富有想象力、独特创意及艺术个性为特质。

纵观中国原创图画书发展史，这样概念的图画书大约发端于20世纪八九十年代，即国外图画书开始小规模引进的同时。中国的儿童读物出版者、作家与画家，最初敏锐地认识到了图画书的特点及优势，如图画书体现先进的儿童观及教育观、契合儿童心理与审美趣味、传递多元文化、艺术空间开阔等，很快从揣摩范本、研习范式入手，展开了卓有成效的本土实践，中国原创图画书因此具有起点高、发展快的总体特点。

受阅读产业及社会环境向好、国家鼓励与扶持政策的积极影响，近五年来，原创图画书进入规模增长的新阶段。各种题材、各种风格、各种类别的图画书作品大量涌现，很多在儿童文学领域享有声誉并兼具创作才能的作家、画家加入了图画书创作行列，有众多青年创作者，特别是画者投入了图画书创作，他们凭借自己的才华与热忱，努力传承中华优秀传统文化，向世界讲述中国儿童的生活，展现中国的历史与现实，表达中国人的思想与感情，其中最优秀的作品已具有世界一流的水准，产生极大的影响。

基于图画书图文合奏带来的丰富性、开放性与探索性，相对于有较长时期发展及经典作品积累的欧美各国，中国原创图画书目前仍处于起步及成长阶段，整体艺术水平有待进一步提高。对于包括作者、画者、编辑在内的从业者而言，图画书文本叙事与图画讲述、创意设计及完成性、文化隐喻及符码特征等基本构成要素，乃至图画书概念与源流的辨析、图画书表现技法的革新、图画书创作的风格流派及个人化的先锋实验，也包括如何依托图画书的表意体系和话语方式、如何实现本国本民族文化与异域受众的对接及贯通等，都还有深入把握、全面理解、充分实践的必要。而在这个过程中，我们创设传播平台及媒介，促进既有经验的分享与借鉴，推动问题的提出与讨论，实现国际间的双向交流，应该会对原创图画书突破创作瓶颈并有效提升艺术质量，起到积极的作用。这也是出版《画里话外》——中国首部图画书研究MOOK的目的与宗旨。

面向儿童读者为主的图画书，其艺术水准的评价和考量与儿童的接受度及审美取向紧密相关，其中“儿童的想象”是核心，是重中之重。儿童的想象全方位存在于图画书的内容表达、创意与趣味中，是图画书儿童精神、思想艺术精髓及生命力之所在。

本书聚焦“儿童的想象”这一话题，是寄望原创图画书的创作者们就此首要处激发灵感、积聚力量，于“儿童的想象”那无边的自由国度，成就中国图画书新时代的卓越与飞扬。

# 心跳的声音

文／苏菲·范德林登
译／陈维

“咚咚咚……蓝色的夜空中传来一阵沉稳的鼓点声……”这是法国插画师、漫画作者米歇尔·卡尔文(Michel Galvin) 2006年出版的作品《小牛仔》的结尾。这本谜一样的图画书讲述了一个奇异的、极富哲学意味的意大利式西部故事——三个各怀心思且性格迥异的牛仔，为得到一匹漂亮的野马而相互陷害，虽然其中一个牛仔最终得到了那匹马，却无法获得内心的平静。这个故事如此吸引人，以至于读到它的人会一次又一次回到故事里，去寻找阅读时遗漏的线索。

故事的文字不断变换着语调，从最高级形式的堆砌辞藻，到老式而考究的遣词造句，以这样的叙述方式引导着读者，将其带入作者主观的写作思路中。书中稍显奇特的插图必定会吸引读者的注意力，但也会无数次地令人感到莫名，比如一匹跨在栏杆上的马……这些画是超现实主义作品吗？又或者更像是意大利画家乔治·德·基里科 (Giorgio de Chirico) 的画作？好吧，这么想也不错。后退一步，从更远的地方再好好看看，这些涂成五颜六色的山峰与河谷，是否有一种奇异的熟悉感呢？这不是一把雨伞和一架缝纫机的相遇[①]，而是一张沙发和一盏灯罩在酒馆客厅里的相遇。所有这些都使我们陷入回忆之中，并带着个人的思绪更加仔细地观察书中的细节。

随着故事的推进，读者们发现这本书里面，一个叙事线索之中还隐含着另一个叙事线索。作者不带任何滤镜、没有任何距离地描述了一个正在玩游戏的孩子的想象世界——用三个牛仔玩偶、熟悉的喜剧片段和变形的日常物品编织而成的故事。而正在读故事的我们，在这个孩子的大脑里漫游，背景是虚构的海角和峡谷。

创作者花费如此多的心思，让我们直接地、完全地、出其不意地进入到一个正在游戏的孩子的脑海中，而不是将其简单直白地描述出来或者

米歇尔·卡尔文
《小牛仔》
Seuil Jeunesse, 2006

①引自法国诗人洛特雷阿蒙 (Lautréamont) 在《马尔多罗之歌》中的句子“一把雨伞和一架缝纫机在解剖台上的偶然相遇”。洛特雷阿蒙被认为是超现实主义的先驱。

画出来。巧妙的线索从来都不是显而易见的，读者无法直接看到想象中的画面，必须转换视角才能进入那个奇异的世界。即便是擅长以第一人称写作的大作家詹姆斯·乔伊斯（James Joyce）或洛伊丝·劳里（Lois Lowry），也未曾达到这样的境界，我们又如何敢一试呢？毫无疑问，米歇尔·卡尔文凭借严密而巧妙的图文衔接——文字语言和图画语言的流畅过渡，完成了这一了不起的壮举。

《小牛仔》出版一年后，奥利维耶·杜祖（Olivier Douzou）与弗雷德里克·贝特朗（Frédérique Bertrand）创作了《皮埃尔与熊》。从这本书里，我们可以看出卡尔文做出的突破性创新对图画书创作者的影响之大。在《皮埃尔与熊》回声般的文字中（嘭嘭嘭吧啦嘭嘭嘭嘭嘭……），读者只需跟着这循环往复的声响，就能发现那个隐藏于叙事背后、正在演奏自己创作的乐曲的孩子。

这些成功的作品让我们不禁回想起六十多年来的一批创作者。他们将对儿童想象的研究作为创作主题，为21世纪的创作者们铺设了道路。莫里斯·桑达克（Maurice Sendak）于1963年——温瑟·麦凯（Winsor McCay）创作《小尼莫梦乡历险记》之后——在《野兽国》中表现出小主人公的精神世界，不再仅仅局限于他的梦境，从而为图画书创作开辟出一条新的道路。随后，以尤里·舒利瓦茨（Uri Shulevitz）为首的一批创作者巧妙地靠近了该创作领域，证实在所有表现手法里，尤其是各方观点的融合上，图画书最适合作为描述儿童正在进行的想象的载体。在本书的不同文章中，提及了这些创作者中的一部分人，包括梅瑟·迈尔（Mercer Mayer），菲利浦·科朗坦（Philippe Corentin）、安纳斯·芙吉拉（Anaïs Vaugelade）、安东尼·布朗（Anthony Browne）、伊万·波墨（Yvan Pommaux）、苏西·李（Suzy Lee）、尼古拉·海德巴赫（Nikolaus Heidelbach），还有凯蒂·克劳泽（Kitty Crowther）。《画里话外》首次和读者见面，探讨“儿童的想象”这一主题，是一次和读者共同探索未知地带的机会。在那里，孩子们可以发现自己心中的奇思妙想，大人们能够不自觉地冲破内心的高墙，找回让他们久久不能平静的童年想象。

Grand-père s'aperçoit tout à coup que la porte du jardin est grande ouverte et que Pierre est dans les prés, il part à sa recherche et le trouve sans difficulté, puis le gronde.
tou tou tou toulou toutou tou tou tou tou tou
« N'as-tu donc pas peur du loup ? Sais-tu qu'il rôde dans le coin ? »

奥利维耶·杜祖，弗雷德里克·贝特朗
《皮埃尔与熊》
Editions MeMo, 2007

所有这些只为在街角降临，
降临在我熟悉的旋律里，
……
听听这心跳的喧哗声，
……
就像我全部的过往在游行。[②]

②引自法国歌手伊迪丝·琵雅芙（Edith Piaf）的歌曲《吧嗒吧嗒》（又译《心跳的声音》）。

# 想象的节奏

文／伦纳德·S. 马库斯
译／常妮

在西方，人们把想象力看作有助学习、认知的内在资源和工具，对其价值的讨论已经持续了几千年。希腊哲学家柏拉图（Plato）对想象力保持一种鄙夷态度，认为想象力对现实的观照是基于用眼睛看、耳朵听而得来的信息（这些信息往往粗略且不可靠），不是基于用数学演算、逻辑推理出来的绝对事实，因而常常导致对现实产生错误的印象。1620年，英国清教徒在今天的马萨诸塞州建立了普利茅斯殖民地，尽管出于不同的原因，但他们同样认为想象力代表了一种不良的影响，因为它可能会分散虔诚的基督徒对唯一真正重要的故事——《圣经》的注意力。

然而，并非所有西方人都如此看待想象力。亚里士多德（Aristotle）认为，想象心理图像的能力是思维过程的关键要素。英国诗人威廉·布莱克（William Blake）则认为想象力犹如一副特殊的眼镜，配戴者可以不受阻碍地畅游未知的精神领域。他指出，想象力是一种天赋，但令人惊讶的是，几乎没有人选择接受这种天赋。布莱克发现，“成人所看到的世界，就是他生活本来的样子”，而孩子则更有可能睁大双眼去接受想象力带来的启示。

克罗格特·约翰逊
《阿罗有支彩色笔》
接力出版社

布莱克关于想象力在儿童内心世界扮演了核心角色的主张，启发了西方儿童文学的作者们。汉斯·克里斯蒂安·安徒生(Hans Christian Andersen)的童话就需要仰赖小读者的想象：想象我们中间有一群玩具锡兵，他们会在天黑后偷偷复活，还有一群像拇指姑娘这样的小人儿，住在森林深处的花朵里。刘易斯·卡罗尔（Lewis Carroll）在《爱丽丝漫游奇境》和《爱丽丝镜中奇遇记》中，把爱丽丝置于一个与她所处的世界完全不同的奇异世界中，而她只有绝对信任自己的想象力才能走出奇境。卡罗尔和安徒生的探索实践为后世的年轻创作者们留下了图文并茂的叙事传统，在这一传统中，想象力是生命的源泉和驱动力。

在20世纪早期的几十年，受发展心理学的影响，出版商们开始根据一系列松散的年龄分段来看待儿童文学作品。图画书则成为学龄前儿童的首要选择，但专家们对哪种类型的故事最适合他们却意见不一。在美国，图书管理员确信孩子们更喜欢“从前……”这种故事，这些故事将孩子们带入以魔毯、会说话的动物等为特色的虚构世界，以此来激发他们的想象力。但另一组专家强烈反对这种说法。在纽约的银行街教育学院，一项关于儿童早期语言和认知发展的研究表明，二至六岁的儿童完全沉浸在自己的小世界中，他们只关注“此地此时”的感受，也正因为儿童拥有这样的特点，相比那些奇思妙想的故事，他们更喜欢能让他们感同身受，与自己的经历直接相关的故事。

银行街教育学院的这项研究直接启发了以玛格丽特·怀兹·布朗（Margaret Wise Brown）为代表的一批创作者。在图画书《晚安，月亮》中，孩子的卧室被重塑成一个独立的、充满想象可能性的宇宙。在克罗格特·约翰逊（Crockett Johnson）创作的《阿罗有支彩色笔》中，一个小男孩根据自己的喜好和意愿，想象出世界上的一切事物。这两本图画书所采用的创作手法突出体现了先进教育者与图书管

他在树下画了一条龙，让它帮着看守苹果。
这条龙太可怕了！
12
13

克罗格特·约翰逊
《阿罗有支彩色笔》
接力出版社

理员观点的另一个基本区别：图书管理员希望孩子们能通过他们一起分享的图画书中的美学体验来提升文化修养，但先进教育工作者更关心的是，让小读者在阅读和学习体验中感到自己是富有创造力的。一些深受银行街教育学院影响的阅读文本，如玛格丽特·怀兹·布朗的《吵闹书》，提出了一些有趣的问题，呼吁孩子们大声回应。正如布朗所期待的那样，很多孩子在读完《晚安，月亮》后，会觉得除了要跟书中提到的那些东西说“晚安”外，还必须要跟自己最喜爱的物品说“晚安”。30年后，像李欧·李奥尼(Leo Lionni)、艾瑞·卡尔(Eric Carle)和西姆斯·塔贝克(Simms Taback)这样的图画书创作者选择了剪纸拼贴的创作手法，这样做的原因是，剪纸拼贴是孩子日常可以接触到并能掌握的技巧。对于受发展心理学影响的创作者来说，他们的目标不仅仅是为孩子们创作精彩的艺术作品，而是要鼓励小读者展现自己的创造力，去完成自己的作品。

图书管理员和先进教育工作者从一开始就一致认为，想象力在每个孩子的生活中都扮演着积极的角色。随着时间的推移，这两组专家逐渐解决了他们之间的分歧，他们得出的结论是，从孩子的角度来看，无论是奇幻的还是真实的，能随时随地接触各种各样的图画书，就是最理想的状态。

有些图画书甚至成功地将奇幻与真实这两种哲学融合在一起。较为知名的例子便是迈克尔·罗森(Michael Rosen)和海伦·奥克森伯里(Helen Oxenbury)的《我们要去捉狗熊》。这部以美国民歌为基础创作的韵文朗诵诗，让人联想到这样一个场景：在遥远的地方，有一家人正在玩一个游戏，画面生动逼真地描绘了英国乡间的一次漫步之旅。在书的大部分内容中，熊完全是一个虚构的形象，是孩子们奇幻游戏中的一个角色，而不是一个活生生的动物。然而，到故事接近尾声时，一只真正的熊突然从洞里出来，吓了所有人一大跳，他们急忙跑回家，锁上门，用被子蒙住头。这个有趣的故事很好地阐释了一句俗语：“许愿需谨慎。”但最后的插图让故事有了深层次的扩展和延伸，使其拥有了文本中没有呈现的另一个维度：画面向我们展现了那只在月光下独自蹒跚回家的熊，它孤寂而悲伤的背影告诉我们，它其实并没有恶意，对它来说，追逐的真正意义是能有几个可以一起玩的朋友。熊接下来会发生什么呢？作者把这个问题留给读者自己去想象，奥克森伯里插图中幻想和现实主义的强烈结合，让我们无法不去试着想象。

迈克尔·罗森，海伦·奥克森伯里
《我们要去捉狗熊》
启发文化 / 河北教育出版社

# 图画书：表现具有建构性的想象力

## ——以安东尼·布朗和约翰·伯宁罕的作品为例

文／朱自强

何谓“想象力”？《简明不列颠百科全书》的“想象和幻想”这一词条中有这样的解释：“科尔律治把创作力等同于想象，他还把巧妙而精致的联想力归功于幻想，但是科尔律治也认为想象力是最高的天赋——一种把原始经历组合成具体形象的能力，一种把握诗体的形式和层次的能力，一种将感觉、梦幻和思想等对立因素融合成一个统一整体的能力。”①埃德蒙·伯克(Edmund Burke)所著《论鉴赏力》说：“人的心灵本身拥有一种创造的能力；这种能力或者体现在按照感官接受事物的秩序和方式来随意再现事物的形象之中，或者以新的方式，依据不同的秩序把那些形象结合起来。这种能力被称作想象力；而且所谓机智、幻想力、创造力之类也都列于想象力之内。”②

安东尼·布朗
《我爸爸》
启发文化／河北教育出版社

在上述关于“想象力”的两个阐释中，两者都认为想象力具有对多元的内涵进行整合性建构的能力，具体来说，前者重视的是想象力对“感觉、梦幻和思想等对立因素”的“组合”“融合”的能力，后者重视的是想象力“以新的方式”对“那些形象”所作的“结合”的能力。由此，我想强调的是，想象力是一种建构能力，因此是一种创造力。

伯克指出想象有两种，一种是“再现事物的形象”的想象，一种是“以新的方式，依据不同的秩序把那些形象结合起来”的想象。图画书的想象，就包含着这两种想象，而我认为，最有价值的是后一种想象。图画书在创造后一种想象，即“以新的方式，依据不同的秩序把那些形象结合起来”的想象，其功能不仅非常强大，而且还是得天独厚的。

而这就需要阐释图画书是一种什么样的书籍了。

图画书是什么书？尼尔·波兹曼(Neil Postman)提出了“媒介即认识论”：“媒介的独特之处在于，虽然它指导着我们看待和了解事物的方式，但它的介入却往往不为人所注意。”③理解图画书，需要取媒介认识这一视角。绝大多数图画书是由文字和绘画这两种媒介构成的（除个别例外，如《再见了，艾玛奶奶》这样的摄影图画书）。虽然，有些带有插图的书表面看起来拥有文字和绘画这两种媒介，但是，插图书的绘画和文字语言之间是相互说明的关系，所以其本质上只体现着文字

①《简明不列颠百科全书》第八卷第551页，中国大百科全书出版社，1986年5月第1版。

②转引自R·L·布鲁特著：《论幻想和想象》第30页，昆仑出版社，1992年2月第1版。

③尼尔·波兹曼著：《娱乐至死》第13页，广西师范大学出版社，2011年6月第1版。

媒介所发挥的功能（有些标榜为图画书的作品之所以不能获得认同，往往就是因为如此）。但是，图画书就不同了，其文字与绘画两种媒介并不是相互说明的关系，而是相互补充、相互生成的关系，于是，语言艺术加上绘画艺术，就构成了三维的立体世界，其艺术的空间更为广阔，艺术表现更具张力。需要进一步说明的是，文字和绘画这两种媒介在表情达意、传达信息时各有其长处和短处，而且文字语言的长处恰恰是绘画的短处，而绘画的长处又恰恰是文字语言的短处，好的图画书创作，可以使两者互相取长补短，尽可能达到艺术表现的最大射程。

接下来，本文将结合具体的图画书创作，来论述图画书特异的艺术形式对于表现作品中儿童人物的想象，表现具有建构性的想象力所具备的特殊作用。我将图画书所表现的儿童想象大致分为两种类型：一种是儿童对现实生活的想象；一种是儿童对超现实世界的想象。需要说明的是，图画书所表现的儿童想象，并不能等同于现实中的儿童想象本身，究其实，这是一种艺术创造，是图画书作家对儿童想象的一种假设，这些假设里，一定会有一部分符合现实儿童的想象，但也一定会有一部分与现实儿童的想象相疏离。

## 表现儿童对现实生活的想象

说到表现儿童对现实生活的想象的图画书，我首先想到的是安东尼·布朗的《我爸爸》《我妈妈》《我哥哥》三本系列之作。这三本图画书的叙述者“我”都是一个幼儿，是作家通过“我”的叙述，来直接表现（假定中的）幼儿的想象。

在《我爸爸》里，幼儿“我”讲道，他的爸爸“真的很棒”“什么都不怕”“可以从月亮上跳过去”“还会走高空绳索”“敢跟大力士摔跤”“轻轻松松就跑了第一名”“游得像鱼一样快”“像大猩猩一样强壮”“像房子一样高大”“像猫头鹰一样聪明”“是个伟大的舞蹈家”“也是个了不起的歌唱家”……《我爸爸》虽然表达了安东尼·布朗对自己英年早逝的爸爸的纪念之情，但更是在表达年幼的孩子们对自己的爸爸的普遍想象。也许在很多幼儿的心目中，自己的爸爸都像超人一样。在图画书中，安东尼·布朗把握着幼儿的叙述感觉，比如“他可以从月亮上跳过去”“我爸爸像房子一样高大”，这显然是出自幼儿的视

安东尼·布朗
《我妈妈》
启发文化 / 河北教育出版社

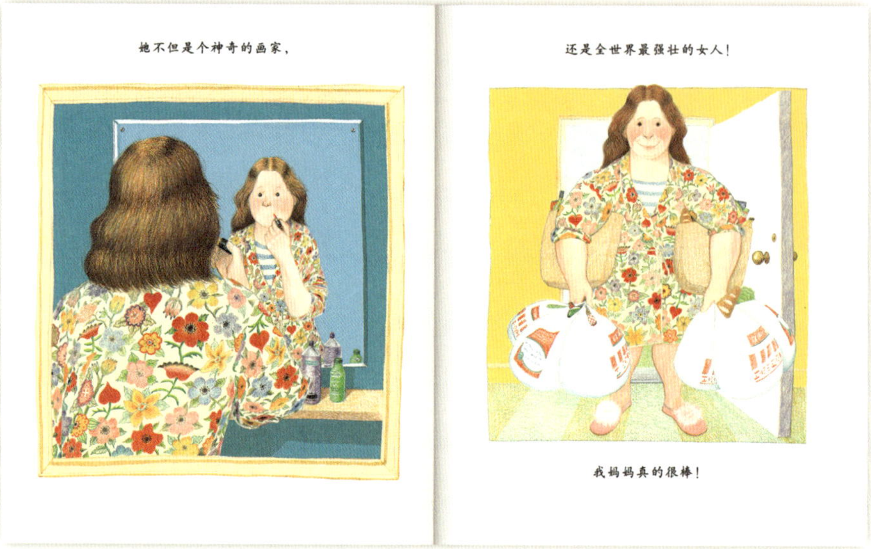

她不但是个神奇的画家，
还是全世界最强壮的女人！
我妈妈真的很棒！


安东尼·布朗
《我妈妈》
启发文化 / 河北教育出版社

角。可以视为《我爸爸》姊妹篇的《我妈妈》里的妈妈，“是个手艺特好的大厨师”“很会杂耍的特技演员”“神奇的画家”“全世界最强壮的女人”“有魔法的园丁”“好心的仙子”“歌声像天使一样甜美”“吼起来像狮子一样凶猛”“是个舞蹈家”“是个航天员”“是个电影明星”“是个大老板”……就如《我爸爸》将爸爸想象成超人一样，《我妈妈》将妈妈想象成了“万能妈妈”。对现实中的爸爸妈妈来说，这两本书中具体的某一两个“想象”都很可能是事实，但是这么多的“想象”汇聚在一起，就具有了夸张、变形的意味，就变成了一个理想——超现实的愿望。在《我哥哥》里，“我”想象了一个“超酷”的哥哥，他是“很厉害的弹跳高手”“身手矫健的蜘蛛人”“每次都神奇地进球得分”“顶尖滑板高手”“还有强壮的肌肉”“跑得像飞毛腿一样快”“几乎能一飞冲天”“读过几百本书”“写的故事超好看”“很会画画”“敢挺身对抗恶霸”……在作品的结尾，“我”告诉大家——“我也超酷噢！”可以说，这最后一句话暗示出，在“我”对哥哥的“想象”中，也寄托着幼儿“我”对自身的“想象”，与“我”渴望超越现实的成长愿望有关。

安东尼·布朗
《我哥哥》
启发文化 / 北京联合出版公司

与上述三本图画书所表现的具有夸张、变形意味的儿童想象不同，安东尼·布朗的《乔的第一次派对》试图表现的是儿童对自己的真实生活所作的本真的、如实的想象。乔是一个性格内向，甚至有些怯懦的男孩，他受邀参加朋友汤姆在家里举办的大型派对，却“把邀请函弄丢了，所以他不知道门牌号”，妈妈让汤姆别担心，说：“汤姆就住在这条街上，我们会找到他家的。”于是，乔和妈妈出发了。在路上，乔与妈妈的对话表现的是乔对派对上

可能发生的事情的想象——“要是派对上有我不认识的人怎么办？”那些不认识的人“可能很讨厌！”“要是我不爱吃那里的东西怎么办？”“要是他们玩的游戏很吓人怎么办？”“你什么时候来接我？”很显然，这些“想象”都是负面的，表明了乔内向、懦弱的性格。好在妈妈理解儿子的心情，对乔的担心都一一给予了安慰。走到这条街的尽头时，他们还没有找到汤姆的家，乔说：“算了，妈妈。我们回家吧。”画面中，准备往回走的乔，面露微笑，迈着大步，一副释然的样子。就在这时，最后那家的门慢慢打开，汤姆和朋友们把乔迎了进去。两个小时以后，担心乔在派对上不开心的妈妈来敲门了，乔对妈妈说的是：“嗨，妈妈，我玩得太开心了！”这最后一页，安东尼·布朗用暖色调画了一张乔开心的特写，与前面用冷色调画出的与妈妈对话的乔形成了鲜明的对比。通过对乔和妈妈的所有焦虑的化解，安东尼·布朗向我们传递着乐观主义的人生观。

无论是《我爸爸》《我妈妈》《我哥哥》，还是《乔的第一次派对》，安东尼·布朗所关注和表现的都是与儿童的成长愿望相联系的儿童想象。通过对这种特质的儿童想象的表现，安东尼·布朗一直在自己的作品中给予儿童读者一种成长的力量。

安东尼·布朗
《乔的第一次派对》
启发文化 / 北京联合出版公司

## 表现儿童对超现实世界的想象

说到表现儿童对超现实世界的想象的图画书，我想到的是另一位英国作家约翰·伯宁罕（John Burningham）的作品。

伯宁罕的《莎莉，离水远一点》写的是莎莉和爸爸妈妈一家三口到海边沙滩休闲度假的故事。书中所有的文字都来自作为成人的妈妈或爸爸，莎莉则一言未发。第一页的文字是“莎莉，水太凉了，肯定不能游泳”，它暗示这一家人只能待在沙滩上；第二页是“我们就把沙滩椅放在这里吧”，而与此相对的第三页，只画着莎莉面朝大海，面前有一只小白狗和一艘废弃的小木船；第四页是妈妈或爸爸的建议：“你怎么不去和那些孩子们一起玩儿？”与此相对的第五页，画着莎莉划着前面说过的那只废弃的小木船，载着小白狗，朝大海深处而去。从这两个对页起，除了最后一个单页，这本图画书的叙述都是一个模式，即

约翰·伯宁罕
《莎莉，离水远一点》
启发文化 / 河北教育出版社

要小心你漂亮的新鞋，不要踩到脏东西。

约翰·伯宁罕
《莎莉，离水远一点》
启发文化 / 河北教育出版社

左页是妈妈和爸爸的现实生活场景，右页则是莎莉想象中的幻想世界。有趣的是，左页来自大人的话语，暗示现实中的莎莉正在做出的行为，而右页的绘画则展现莎莉幻想的故事，比如，当大人说“要小心你漂亮的新鞋，不要踩到脏东西”时，莎莉已经和小白狗乘着小船来到了一艘大大的海盗船边。饶有趣味的是，左页大人的话语常常是与右页莎莉和小狗的行为相矛盾的。大人说：“不要摸那只狗，莎莉，谁知道它去过什么地方？”表现出对小狗的嫌弃，可是在右页，小白狗却在勇敢地解救将要被海盗处决的莎莉；大人说：“你不会把腥臭的海藻也带回家吧，莎莉？”而莎莉却正与小狗按照藏宝图去寻宝；妈妈说：“让爸爸先休息一下，等会儿他也许会跟你玩游戏。”而莎莉和小狗已经挖出了藏宝的箱子。就这样，《莎莉，离水远一点》这本图画书中，约翰·伯宁罕运用语言文字与绘画的错位式叙述，为我们营造出了两个形成鲜明对比的世界，一个是充满可能性的儿童的想象世界，另一个则是平庸无奇的成人的现实世界。耐人寻味的是，成人的现实世界与儿童的想象世界是隔绝的：莎莉的妈妈和爸爸只看到了莎莉在现实生活中的举动，却对莎莉的幻想生活一无所知。父母与孩子之间的这种隔绝状态显然是令人担忧的。我猜想，约翰·伯宁罕创作这本图画书的目的之一，就是要给像莎莉的妈妈和爸爸这样的大人们提出一个警醒。

约翰·伯宁罕的《迟到大王》也是一部奇妙的作品。在这本书里，作家虚构了一个孩子想象中的生活。小男孩约翰派克罗门麦肯席走在上学的路上，结果，一只突然从下水道里钻出的鳄鱼一口咬住了他的书包，他只好把一只手套抛向空中，鳄鱼立刻放开了书包去抢手套，他这才得以脱身，但是，这只鳄鱼害得他迟到了。来到学校，老师不相信约翰派克罗门麦肯席的话，说：“这附近的下水道哪里会有什么鳄鱼！下课后，你给我留下来，罚写三百遍‘我不可以说有鳄鱼的谎，也不可以把手套弄丢’。”第二天，约翰

“约翰派克罗门麦肯席！我被一只毛茸茸的大猩猩抓到屋顶上来了，你快想办法救我下去！”

派克罗门麦肯席走路去上学时，又遇上了从树丛里钻出的狮子，被咬破了裤子，又迟到了；后来他又遇上小河里突然而起的巨浪，被打湿了衣服，还是迟到了。每一次，老师都不相信约翰派克罗门麦肯席的话，暴跳如雷，罚他写检讨。在故事的结尾，约翰派克罗门麦肯席急急忙忙去上学，结果什么也没有发生，按时来到了学校。可是，老师却被大猩猩抓到了屋顶上。老师惊慌地向约翰派克罗门麦肯席求救：“约翰派克罗门麦肯席！我被一只毛茸茸的大猩猩抓到屋顶上来了，你快想办法救我下去！”这时，约翰派克罗门麦肯席以其人之道还治其人之身，说道：“老师，这附近哪里会有什么毛茸茸的大猩猩！”于是，老师手中那根象征权威的文明棍砰然落地。

我们几乎可以说，小男孩约翰派克罗门麦肯席所经历的每一件事，在现实中都是难以发生的，而这些事件集中在一个人身上发生，就更加不可能，所以，这不是一个现实故事，而是一个幻想故事。约翰·伯宁罕虚构出这样一个幻想故事，是要对“博士帽”所代表的僵死、封闭、强制的教育理念进行辛辣的嘲讽和尖锐的批判。伯宁罕的图画书常常写出两个世界——儿童的世界和成人的世界，如果这两个世界发生了冲突，伯宁罕一定会站在儿童这一边。我认为，伯宁罕选择儿童的立场创作图画书，很可能与他在奉行自由教育的夏山学校度过的童年一脉相连，因为夏山学校的一个信条就是“你要站在孩子这一边”（夏山学校校长A.S.尼尔语）。在我读过的伯宁罕的图画书中，这本《迟到大王》最容易让我想起作家的“夏山”身份。

我在前面讨论了安东尼·布朗和约翰·伯宁罕的几本图画书所表现的儿童想象，我想强调的是，两位作家所表现的这些想象是“以新的方式，依据不同的秩序把那些形象结合起来”的想象，是具有整合性、建构性的想象。这种具有整合性、建构性的想象也就是科尔律治所说的“最高天赋”——“一种把原始经历组合成具体形象的能力，一种把握诗体的形式和层次的能力，一种将感觉、梦幻和思想等对立因素融合成一个统一整体的能力”。

迟到大王
文·图/[英]约翰·柏林罕 译/党英台
明天出版社


约翰·伯宁罕
《迟到大王》
信谊 / 明天出版社

# 安东尼·布朗的奇异时代



文／菲利浦－让·卡汀希
译／孟晓

1987年，奥地利犹太裔作家斯蒂芬·茨威格（Stefan Zweig）的中篇小说《他在那里吗？》（*War er es?*）被整理出版。这个带有悲剧色彩的故事的主人公是一只名叫彭多的狗，备受主人宠爱的彭多，渐渐成了家里的小霸主，但是一个新生儿的到来，让彭多的地位有了很大变化，直到它被赶出家门。1930年底，茨威格为了逃离纳粹政权的迫害，曾经居住在英国的乡下——今天的巴斯（Bath）地区。也正是在该时期，作者提出了一个残酷的预言——这个世界得了绝症，旧的秩序必将死亡，随之将建立新的秩序。可以说，这部小说为茨威格在文学上所发动的情感革命添上了精妙的一笔。在这部作品中，茨威格赋予动物特殊的人类化举止，虽然削弱了预言的意味，但通过不稳定的、多变的、混乱的秩序，宣告了新世界的诞生。

围绕着与之类似的主题，安东尼·布朗出版了一部带有荒诞意味的图画书《小凯的家不一样了》。像有某种隐喻似的，故事中小男孩的名字与奥地利荒诞派文学代表卡夫卡的作品《审判》中的主人公约瑟夫·凯同名（原书主人公的名字为Joseph Kaye，中文引进版译为“小凯”）。这本书再现了小凯一天的奇特经历：一个星期四的早上，小凯看似普通的日常生活像一个幻境一样被打破了，小凯陷入了极度的恐惧和荒谬之中。故事开篇的第一幅图画上，那个引起小凯注意的电热水壶还不是最可怕的形象。安东尼·布朗2004年出版的作品《走进森林》中的伤残士兵，更令人感到恐惧——一道道闪电不断划破夜空，独腿的士兵站在小主人公的床前，在一片黑暗中望着他。再看回《小凯的家不一样了》这部作品，电热水壶在某种意义上颠覆了普通的逻辑，家用电器冰冷、单一、硬邦邦的形象和一个讨人喜欢的猫科动物的形象巧妙地结合在一起，立时变得温暖、柔软、胖乎乎的。这种变化无处不在，我们能看到一只鞋长出了翅膀，浴室里的洗脸池好似一张人脸，小凯所坐的沙发正变形为一只危险的鳄鱼，就连温驯的猫咪，它的尾巴也发生了诡异的变化……然而，随之而来的页面上，憨厚的大猩猩的出现，减弱了侵略性很强的捕食性动物带来的焦虑感。在安东尼·布朗的作品中，动物的形象经常出现，形成一种安静的力量，给孩子带来一种来自父母之外的安慰，比如1983年出版的《大猩猩》，1984年到2000年间出版的“威利系列”，以及1992年出版的《动物园》，等等。

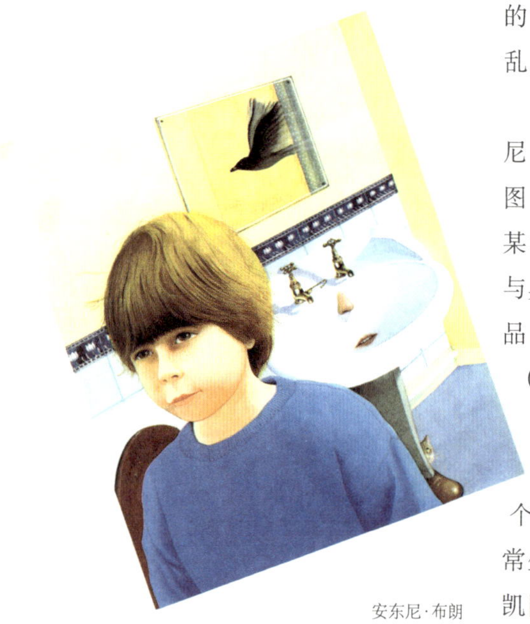

安东尼·布朗
《小凯的家不一样了》
启发文化／河北教育出版社

万事万物总是处于不断变化之中的，即使是稳坐宝座上的猴王，也会面临被背叛的威胁，在猴群的盛会上成为众矢之的并失去地位。《小凯的家不一样了》这部图画书中，代表变化的例子无处不在，比如小凯卧室的墙上装饰的几幅画——凡·高名作中星光流动的天空，宇宙中月亮的盈亏，行星在太阳系中的运动轨迹，以及外星人E.T.的出现，都与小凯的心境变化形成呼应。而且，作者也在这一页面中设计了一个小小的细节，隐喻更多不可预测的变化即将开始：卧室安静和谐的感觉将随着床底下露出尾巴的猫而被彻底地打破。

离开卧室，客厅墙上的那幅圣母怀抱耶稣的画像，预示着后续情节的

发展。然而，我们的主人公小凯却什么都没有预见到，他的注意力被房子里来回徘徊、变形了的动物们所占据。电视机里播放的节目中，可以看到一只即将生产的鸟在筑巢；接下来，伴随一阵破壳声，初生的小鸟探出了头。摆放在电视机上的照片也在悄然发生变化，暗淡的底片上显现出一抹粉红色——爸爸的怀里抱着一个小婴儿。可是这些带有预示性的变化，小凯都没有注意到。

小凯是不是得走出房子里的幻境，回到现实的生活？于是他来到房子外面，出乎意料的是，院子里也出现了杂乱无章的变化迹象——最初只是很微小的变化：院子里晒衣绳上的夹子燃烧起来；到后来，踢走的足球竟然变成了一个蛋，一只鹳破壳而出，飞向天空，这是生命诞生的隐喻。另外还有，自行车轮胎上的阀门变成了苹果的蒂，进而又变成一个熟透了的红苹果，暴露在一只觊觎已久的大猩猩面前。

“每一样东西都在变得不一样吗？”小凯代替我们发出了这样的疑问。安东尼·布朗经常在作品里运用这些奇异的创作手法，而故事则在经过漫长的黑暗考验后，迎来启示性的转折。在《小凯的家不一样了》中，他就给小凯进入新世界设置了一扇门。这扇大门是黑色的，有一缕神秘的光线勾勒出轮廓。这无疑是一个有待探求的秘境，象征的是女性分娩的过程。黑暗的通道仿佛给了小凯第二次新生，一个新身份诞生了——小凯成了哥哥。

所有这一切的变化，都是在一个私密空间（小凯的卧室）以外的地方开始的——厨房、浴室、客厅——这些地方成为承载这一切变化的大熔炉，只有小凯自己的卧室是明亮而安定的，以至于到后来，这里被他视为一方小小的避难所。有心的读者可能会发现，小凯卧室的布局，几乎与凡·高那幅名作《凡·高在阿尔勒的卧室》如出一辙。那位把自己的耳朵割掉的疯狂画家在给自己的弟弟写的信中说：“房间给我带来了安全感。”这是作者在作品里所呈现的隐喻。“卧室”以外的幻境不是我们所能掌控的，而在拥有安全感的“卧室”里，超现实主义妄想的恐惧将逐渐消失不见。

创造力的疯狂展现，带给我们一次又一次令人眩晕的头脑革命。安东尼·布朗面对这种头脑革命的做法是，感到眩晕之前，先进行自我挑战。不过，这并不会对强烈的戏剧感起到缓冲作用，因为新生都是要以阵痛为代价的。

安东尼·布朗
《小凯的家不一样了》
启发文化 / 河北教育出版社

# 通往$9\frac{3}{4}$站台的车票



文／莉莲·谢朗
译／陈维

阿兰·勒叟
《爸爸说，他的好朋友是一个蛙人》
Rivages, 1990

那一年，"教士住宅"这个词传到我敏锐的耳朵里折磨着我。有人说："这一定是我见过的最令人快乐的教士住宅……"我完全没有想到要去问问我的父母："'教士住宅'是什么意思？"我把这个词写在我房间的墙上，满怀着秘密和疑问入睡了。墙上的这些字母似乎在大声诅咒。"你们才是'教士住宅'，你们全都是'教士住宅'！"我对着看不见的人喊道。过了一会儿，这个词就失去了邪恶的意思。我发现"教士住宅"很有可能就是一种有黄黑色条纹的小蜗牛的学名。

——引自法国先锋小说家科莱特作品《克罗蒂娜的家》

## 引发想象的火花

在孩子的世界里，一个词就足以让想象驰骋。《野兽国》里的小主人公迈克斯在家里没完没了地胡闹，于是妈妈呵斥道："野兽！"这一下可不得了！迈克斯驾着小船去到了野兽国，在那里当起了国王。在安东尼·布朗的《小凯的家不一样了》中，小凯的爸爸提醒小凯，今天家里可能会有一些变化。果然，家里的所有东西都以最超现实的方式发生了变化，沙发变成了大猩猩，地毯变成了鳄鱼，最后，连足球都滚着滚着变成了蛋。在马里奥·拉莫（Mario Ramos）的《睡觉去，小怪物！》中，对主人公说一声"晚安"会发生什么？他会回答："晚安，怪物爸爸！"然后，正往房间外走去的爸爸立刻变成了一只大蜥蜴。

我们的小读者总能迅猛地抓住图画中的关键点。在阿兰·勒叟（Alain Le Saux）的图画书中，如果"我的老师对我说，我必须留级"，那就是一道钢铁般的命令，如果"爸爸对我说，他最好的朋友是一个蛙人"，那他的朋友就真的是一个厉害的两栖动物，画面上，爸爸的朋友正友好地把手搭在他的肩膀上。文字所具有的这种能够引发想象的魔力，并不仅仅局限于使通俗的表达变成幽默的画面，还可以让"假乌龟"这样的物体具象化，《爱丽丝梦游仙境》的插画师约翰·坦尼尔（John Tenniel）给"假乌龟"画了一个小牛的头，因为当时人们就是用小牛的头来做"假乌龟汤"[①]的。当所有的东西都涌现于梦境之中，尽管爱丽丝并不知道"假乌龟"是什么，但可以看作是她想象出来的动物，正如所有出现在仙境中的事物一样……

另一个更好的例子，是在克劳德·旁帝（Claude Ponti）的《看不见的狗》中，仅仅为一只狗取名叫"乌姆·波波特"，就让它的存在变得真实生动。由于乌姆·波波特给看不见的朋友取

①乌龟汤流行于18世纪的英国，在宴会上很受欢迎，但是准备起来既耗时又昂贵；19世纪，乌龟汤出现了替代品，英国特有的"假乌龟汤"使用了小牛的头部，价格实惠，但味道不同。

马里奥·拉莫
《睡觉去，小怪物！》
启发文化 / 北京联合出版公司

了“乌姆·普拉乔特”这个美丽的名字，使它确信自己拥有一只看不见的狗作为好朋友，能够和它一起做任何事：说话、游戏、跳舞、蹦跳、表演……它和读者都不需要真的看见这个朋友，看不见的特征让克劳德·旁帝能够将小主人公的想象场景化，直到书的最后一页，也没有给出这位看不见的朋友具体的形象，而是用一些细小的痕迹表明它出现时的动作。

**开启想象的燃料**

然而，这种激发想象的能力并不是由词汇单独造就的，听到的故事、读过的书，这些既有经验与看到的图画和词汇一起促成了这一魔法的实现。在《睡觉去，小怪物！》中，把父亲想象成大蜥蜴并以此为乐的小怪物最喜欢看的就是《野兽国》了。

在克劳德·旁帝的《阿黛拉和沙子先生》中，皇家大街的五金杂货书店里的显眼处就摆放着莫里斯·桑达克、汤米·温格尔（Tomi Ungerer）甚至旁帝自己的图画书，以及温瑟·麦凯、鲁道夫·托普佛（Rodolphe Töpffer）、乔治·赫里曼（George Herriman）等图画书大师的作品，他们是因为克劳德·旁帝的欣赏才出现在这部图画书里的，而不是因为书中的主人公阿黛拉。但是，阿黛拉那极富想象力的幻想，显然有一部分汲取自她的创作者旁帝所景仰的作者的作品。所以，阿黛拉被可怕的沙子先生吞下后，出现在这家书店也就不足为奇了。而事实上，她只是在小公园里的沙箱里，就在妈妈的身边安静地玩耍。

另一个相似题材的例子是赫尔曼（Hermann）和摩尔菲（Morphée）的漫

赫尔曼，摩尔菲
《嘿，尼克，你在做梦呢？》
Depuis, 1981

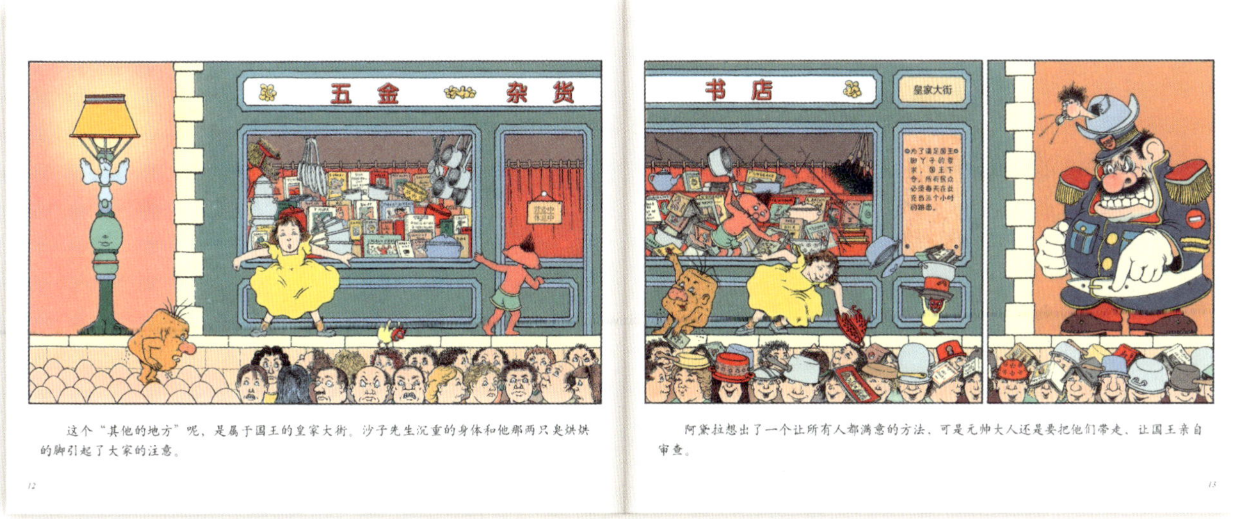
五 金 杂 货
书 店
皇家大街
这个“其他的地方”呢，是属于国王的皇家大街。沙子先生沉重的身体和他那两只臭烘烘的脚引起了大家的注意。
阿黛拉想出了一个让所有人都满意的方法，可是元帅大人还是要把他们带走，让国王亲自审查。
12
13

克劳德·旁帝
《阿黛拉和沙子先生》
接力出版社

赫尔曼，摩尔菲
《嘿，尼克，你在做梦呢？》
Depuis, 1981

画《嘿，尼克，你在做梦呢？》，小主人公尼克将他的阅读书目和一张《小尼莫梦乡历险记》的海报一起贴在他房间的墙上，还有一张海报是一只展翅飞翔的鹅，似乎是直接从《尼尔斯骑鹅历险记》中飞出来的。当尼克不做梦的时候，他躺在床上读书，有《神秘岛》《白鲸记》，还有许多其他故事，都能丰富他的梦境。

同样，伊万·波墨的《我不想去学校！》中，在不喜欢上学的小男孩巴勃罗的房间里，我们也能看到波墨自己的图画书：《乌鸦先生和乌鸦太太的旅行》和《黑猫侦探》。不过，在他睡前，他的母亲却想给他读另一本书——《亚特兰大》。巴勃罗不想让母亲给他念这本书，因为他已经知道这个故事了，为此他很生气。他跟妈妈赌气不去学校，只想直接睡觉。不过，《亚特兰大》也是一个很美的故事，它会激发巴勃罗的梦境，引领他走进梦里，和梳着非洲发辫的小亚特兰大在一片幻想中的森林里历险，这片森林就是由卧室里的壁毯变化而来的。

在尼古拉·海德巴赫的《给布鲁诺的书》中，主人公是一个平时对读书不怎么感兴趣的小男孩布鲁诺，当他的同学乌拉给他读了一个冒险故事后，他置身于这个故事之中，幻想自己变成了故事里会飞的王子，去拯救被一条可怕的龙抓走的乌拉公主。

伊万·波墨
《我不想去学校！》
Bayard Jeunesse, 2009

« Je sais… Je sais… dit Pablo.
Elle promet d'épouser
celui qui la battra à la course.
Elle se croit la plus forte,
mais un petit malin arrive
avec trois pommes d'or
qu'une magicienne lui a données.
En courant, il sème les pommes,
Atalante perd du temps à les ramasser,
elle arrive deuxième, point final. »
« Ta façon de raconter
manque un peu de poésie »,
dit Maman en sortant de la chambre.
Elle ajoute : « Dors à présent,
demain tu te lèves tôt. »
« J'veux pas y aller ! » bougonne Pablo.
Il bâille. « Cette histoire est idiote,
dit-il à Gnouf.
Les garçons courent plus vite que les filles
et puis c'est tout… »
Il s'endort.
10

在曼达娜·萨达（Mandana Sadat）的《在树的另一边》里，一个小女孩遇见了一位令她感到害怕的老妇人，于是她躲在一棵树的后面，悄悄观察着她。不过这位老妇人并不坏，她只是一个讲故事的人。“从前……”她开口讲道，那好像是一个关于龙的故事。但可以肯定的是，小女孩立刻就虚构出了一个游戏伙伴，这个小伙伴扔下故事中的角色，从老妇人的口中跑出来，与小女孩一起嬉戏，一直到故事讲完，他们才依依不舍地道别，并期待下一次见面。这本图画书很好地体现了孩子的一种天赋——他们一边听着故事，一边就能创造出另一个平行的故事。

法国出版商皮埃尔-朱尔·赫泽尔（Pierre-Jules Hetzel）出版夏尔·佩罗（Charles Perrault）的故事集时，在前言里讲述了一件让他感到惊讶的事：他给一位叫泰克勒的四岁小女孩讲完《小红帽》后，请小女孩说说她的感想。小女孩说这确实是一个很棒的故事，狼没有把煎饼吃掉，真是太善良了。这个出人意料的评价背后，大概藏着这样一个故事：小女孩饿的时候，大人对她许诺过，只要她乖乖的，就会得到一块煎饼。听故事的时候，小女孩的注意力从头到尾都在那块煎饼上，希望狼不要把它吃掉！

## 直通想象的动力

综上所述，关键词汇、故事情节、一幅图画或者一本书都能引起孩子的幻想。不过，要开启一段魔幻的想象之旅，其他因素也是必不可少的，比如

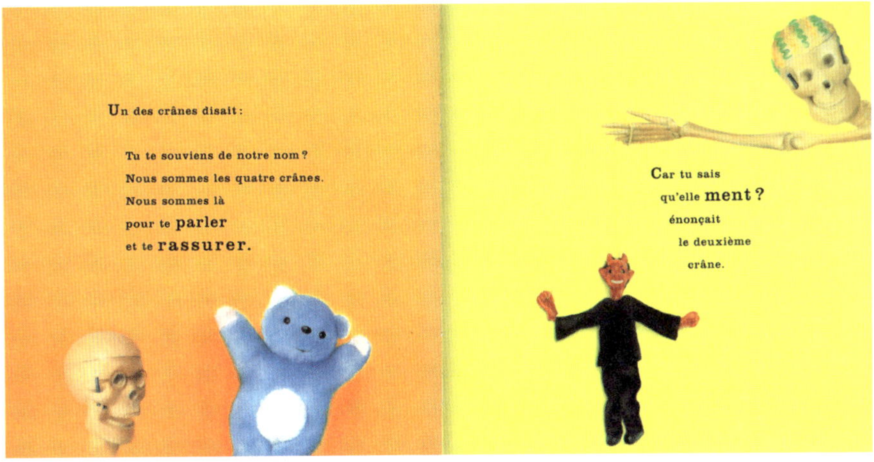


樊尚·拉瓦莱克，安妮－玛丽·阿达
《为什么小男孩们总是担心
被妈妈抛弃在黑森林？》
Seuil Jeunesse, 2000

情绪、感受和感情。因为小女孩感到害怕，所以在曼达娜·萨达的故事中，女主人公立刻驯服了龙；因为小泰克勒肚子饿了，才会特别注意到煎饼；当然，也是因为迈克斯对受到的惩罚愤愤不平，才跑到了野兽国。

在这些被桑达克称为"腐蚀物"的情绪中，恐惧和沮丧是最常见的。樊尚·拉瓦莱克(Vincent Ravalec)，安妮－玛丽·阿达(Anne-Marie Adda)在《为什么小男孩们总是担心被妈妈抛弃在黑森林？》中描述道，当妈妈出门后，孩子独自一人心神不宁地坐在一堆玩具中间，被抛弃的焦虑感具象为四具骷髅，这些骷髅让孩子感到恐惧。同样是因为恐慌不安，安东尼·布朗的《小凯的家不一样了》一书中，主人公小凯想象出各种各样令人感到忧虑的变化。沮丧、孤单和对朋友的渴望促使许多小主人公虚构出一个替代的玩伴，例如彼得·西斯(Peter Sís)的《玛德琳卡的狗》、贝娅特丽丝·阿勒玛尼娅(Béatrice Alemagna)的《我想要一只乌龟》。这个虚构的玩伴有时也会以玩具的形象出现，像比尔·沃特森(Bill Watterson)的《卡尔文与霍布斯虎》系列漫画中的毛绒玩偶霍布斯虎，迈克·孔克尔(Mike Kunkel)的《大狗熊与孩子》与安娜·博泽莱克(Anne Bozellec)的《自由的小熊》中的熊。凯蒂·克劳泽的《我和无》中，主人公莉拉拥有的旧玩偶"无"更令人心碎，因为它是小主人公唯一的玩伴，正是它陪伴小主人公一起度过亲人离去和被抛弃的痛苦。

然而有时候，幻想的开端可能只是无所事事和偶尔的放松，就像尤里·舒利瓦茨的《一个星期一的早晨》中，孩子手上正好有一副牌可以玩；卡尔文的《小牛仔》中的几个小牛仔和一匹马，也是孩子手中的玩偶；奥利维耶·杜祖与弗雷德里克·贝特朗的《皮埃尔与熊》中的塑料制品也是如此；抑或更简单的还有旁帝的《阿黛拉和沙子先生》里的一把铁锹、一个水桶和一堆沙子。有时，孩子只是在晾着的床单旁绕一个圈，就能进入一个纯粹的幻想世界，比如克里斯蒂安·布鲁埃尔(Christian Bruel)和安娜·博泽莱克的《洗衣服的一天》；又或者一个普通的物品，比如小线团、皮球、煮巧克力的平底锅、布娃娃或钢笔，只要孩子在睡着之前用过它们，就能拥有一个奇妙的梦境。

就如桑达克所说，想象是一种免费的交通工具，当孩子在日常生活中面临问题时，想象能够帮助他们找到情绪的出口。对于孩子来说，想象确实是一辆很容易发动的列车：他们读过的故事、体验到的情感，甚至只是一个简单的字眼，就能让想象这辆列车飞驰。

曼达娜·萨达
《在树的另一边》
Grandir, 1997

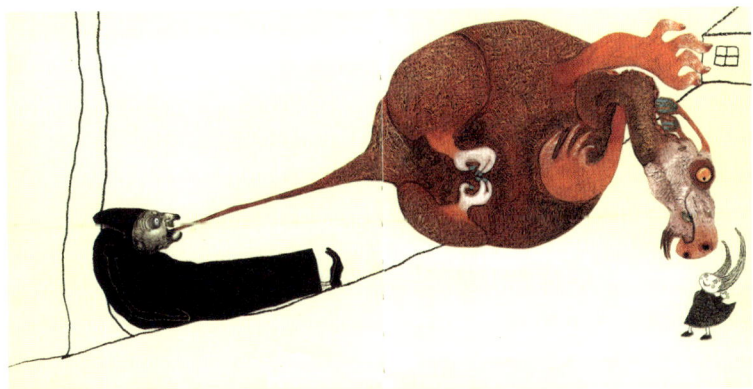

# 尼莫和梦中世界



文／安东尼奥·阿尔塔里巴
译／臧恒静

温瑟·麦凯
《小尼莫梦乡历险记》
《纽约先驱报》
1908年10月11日

无论从哪个方面来说，生活都不是坚硬的，而是柔软的，更是可塑的。正如我们即便不情愿，也要让自己适应于道德和法律，服从既定的秩序和规则。真正坚硬的是我们所生活的这个世界，而它也正变得越来越坚硬。人类所谓的“文明”就是将森林转变为城市的能力，社会文明的进程其实是重塑地球的过程——土地被涂上了柏油，再也无法耕种……如今，地球上一半的土地面积都被高速公路围绕，这本是为了更好地服务于人与人之间的交际，但结果带来的却是如迷宫般川流不息的交通现状，而高楼大厦于枯萎的自然中也在不断地崛起。世界看似一成不变，事实上却日益错综复杂。

这并不是近几年才有的现象。早在20世纪初，温瑟·麦凯就已经意识到了这一点，并通过很多方式将其表现在他的作品中。比如，在麦凯的插图和漫画作品中占据重要位置的“建筑”这一元素，往往用来表现他对这种大肆蔓延的、如监狱一般的混凝土建筑所感到的厌恶与震惊。麦凯定居于人口稠密的大都市纽约，这也正好为他提供了灵感，让他绘制出那些令人眩晕的建筑群、想象中巨大的摩天大楼，以及梦境中摇摇欲坠的四四方方的大厦。

麦凯既是一位道德家，也是一位民族主义者。19世纪20年代，他超越意识形态的批判风格开始显露出来，尤其是在为《纽约先驱报》绘制的插图中得到了体现。在这些插图中，带有科幻色彩的建筑与一些具有暗讽意味的人物让他的作品更具广泛影响力和可读性。他的作品经常触及世界末日这样的主题。面对残酷严峻的人类文明，插画家拥有一种极其有效的武器——他手中的铅笔可以改变甚至摧毁周围危险的世界。这就是为什么“大楼坍塌”是麦凯最常用、最具代表性的主题之一。

正是在麦凯所处环境和所做之事的差异之间，在不可变化的真实世界和可变的绘画世界的差异之间，锻造了麦凯的道德心。在麦凯的作品中，线条是柔和而非死板的，是随心而作的，是在对抗或远离这个世界的。图画能够根据不同的幻想题材做出无限的变化。因此，我们大致上可以将麦凯的作品归类在揭露现实（为报纸所画插图）与逃离现实（在漫画中传递的主题）之间。

漫画为麦凯提供了一个可以自由设计意想不到的人物和荒诞情节的开放空间，这吸引着他在漫画上投入丰富而疯狂的创造力。面对已经定型的、灾难般改造而成的世界，小插图更便于他展开想象并进行多元化的创作。如此一来，他的大多数漫画系列作品都以梦为基础，也就不足为奇了。在这

温瑟·麦凯
《曼哈顿的最后一天》
《纽约先驱报》插图

片梦的土地上，物体的外在轮廓不断变化，所有奇形怪状的事物也会因此出现，打破现实生活中的枯燥乏味与一成不变。这些图画是对现实的修正，抑或是报复。

虽然《小萨米的喷嚏》和《饥饿的亨利埃塔》的故事并不是发生在梦的土地上，但它们是一系列以拥有变形超能力的儿童为主角的故事。亨利埃塔是一个婴儿，他尖锐的哭声能够破坏周围所有的事物，而萨米是一个飓风男孩，他打的喷嚏能够摧毁房屋或让城市陷入混乱之中。不过，为麦凯赢得最大的成功，并让其他作品都黯然失色的，毫无疑问是《小尼莫梦乡历险记》。

除了麦凯精湛的绘画技术和故事编排能力之外，该系列的成功还取决于孩子与梦境的完美结合。作品里尼莫的年龄并不确切，大约在七岁到十岁之间，我们也无法分辨这是想象中的年龄还是真实的年龄。事实上，世界对他来说是一个永恒的外部空间。他就住在两平方米的床上，随时可能掉到地板上，回到现实世界。现实与梦境混淆在一起，无法分辨出是在做梦还是醒着。书中的场景远离日常生活，小尼莫不需要去上学，没有父母的责骂，也不用面对一般学龄儿童所要接受的教育，小尼莫只生活在他的幻想中，体验他自己的愿望和焦虑。

这个梦乡人就像系列中的其他角色一样穿过梦神的领土。梦神是这片土地唯一的国王，只有他能够颠覆事物形态，变幻出奇形怪状的东西。为了让幻象达到巅峰，或让变幻显得自然而然，麦凯采用多种多样的元素：以怪物为形的奇怪动物、乌托邦式的建筑、戏剧性的视觉形象（有时是马戏团，有时是狂欢节），最重要的是他有一种取之不尽的创造能力，从一个插图到下一个插图，一直在不断地发生转变。在这个虚构世界的中心，在梦境的最高处，深刻的图画意识掌控着一切，让梦乡里的人物游戏于失重的状态，去经历各种意想不到的奇遇。对麦凯来说，梦中世界就是纸上世界，可以由他任意挥洒最富有想象力的画笔。

温瑟·麦凯
《小萨米的喷嚏》
《纽约先驱报》插图

温瑟·麦凯
《小尼莫梦乡历险记》
《纽约先驱报》，1909年5月23日

温瑟·麦凯
《小尼莫梦乡历险记》
《纽约先驱报》，1909年5月23日

# 梦是一场游戏吗?



## ——从房间到想象世界的往返之旅

文／苏菲·范德林登

译／张月

温瑟·麦凯
《小尼莫梦乡历险记》
《纽约先驱报》
1906年7月29日
1907年4月21日
1907年9月8日

1905年10月15日清晨，《纽约先驱报》的读者们看到了《小尼莫梦乡历险记》故事连载的第一集，该系列漫画开创了一种奇特的画风，即把奇幻梦境画在漫画之中，而床则是故事的起点或终点，甚至也可以是梦中的坠落点。

这些梦境的呈现超越了最现代化、最具创造性的当代图画理念，是因为它所展现的一切，并非来源于小男孩的现实生活，而是来源于他小房间的封闭一隅。

儿童房是相对较新的一种设计，起源可追溯到20世纪——玛格丽特·怀兹·布朗与克雷门·赫德（Clement Hurd）合作的图画书《我的世界》，就是在孩子的房间里探索世界的，而在《晚安，月亮》中，儿童房也是唯一的场景。儿童房让孩子处在一个自主独立的空间，同时将孩子与家庭的其他成员，尤其是孩子的母亲隔离开。一个有点孤单甚至无聊的房间，经常能激发孩子的无边想象。孩子的小小天地里汇聚了他全部的自我世界，纯朴又丰富，封闭却自由，因此儿童房渐渐成为20世纪青少年文学中的一个重要场所。

《小尼莫梦乡历险记》第一集的叙事结构在麦凯后续的漫画中，以及在他之后的其他作家的作品中，也被广泛应用，并成为20世纪青少年文学的重要典范。

莫里斯·桑达克于1970年出版的《午夜厨房》就是对麦凯的致敬之作，但桑达克通过与漫画一脉相承的图画书形式，把这一叙事架构进行了发展完善。一天夜里，小主人公米奇被父母房间传出的声音吵醒，他很生气。然后，他全身光溜溜地飘进了梦境中的奇幻空间，并跟随其中微妙的线索去探索和挖掘自身的个人意识。如果将引用的内容（米奇的床和尼莫的床是一样的）也考虑在内，那么桑达克就是将麦凯故事中的世界以强大的驾驭力搬进了自己的作品中。画家在精彩的画作中让各个页面以十分巧妙的方式连接起来，同时很好地把控了节奏，给人一种电影慢镜头的感觉，且场景切换也十分自然而流畅。

但在《野兽国》中，桑达克重新审视了描述梦境的方式，对温瑟·麦凯首创的叙事结构进行了最有趣且意义最重大的一次变革。书中的主人公迈克斯同样待在自己的小房间，却没有躺在床上，而是站在床边。由此看来，迈克斯对野兽国这场幻想的旅程并不是梦境的呈现，而纯粹是他当时的想象。

接着，他跌进了黑暗里，从衣服中脱身出来，

那么，二者到底有何区别？梦境是不受自我控制的，而醒着的想象则是有意识的，在《野兽国》中，主人公

很大程度上是受到了愤怒情绪的驱使。梦境总是容易让人失望的，因为它与现实毫无关联，而且它会被切断。梦的结束就意味着不得不面对现实的回归，而现实却没有丝毫改变。然而在《野兽国》中，透过与现实世界的明显关联，想象出的欢乐逃离展现了孩子与家庭或生活环境的关系。这段想象之旅是对现实的改造，也激起了孩子强烈的欲望。

从艺术创作的展现到孩童力量的诠释，桑达克的这一创举无疑是对青少年文学以及儿童文学最重要的贡献之一。

五年之后，又一经典之作《我的壁橱里有个大噩梦》问世了，作者梅瑟·迈尔再度回归这一叙事结构，形成了一种新的典范，并在作者后续的作品中进行了延续和发展。故事的场景几乎没有变化，展现了主人公与内心恐惧之间真实的冲突：壁橱里有一只怪物，被主人公视为一个大噩梦。《小尼莫梦乡历险记》和《野兽国》的故事场景在这本书中似乎融为了一体——窗前一张不变的小木床，敞开的窗户外挂着一轮明月。前两本书中出现的元素，依然可以在这本书中找到。这本图画书的叙事模式以幽默为基调，并让最初的恐惧实现了积极的反转，这也是此书获得成功的原因。但在巧妙而意味深长的细节里，蕴藏着作者所要传达的最重要的观点。刻意散落在地上的物件背后寓意深刻，那是20世纪60年代男孩们的标志性玩具；由于它们单一的特性，也象征着一种精神上特定的状态。手拿刺刀的士兵、炮筒小模型、美国陆军头盔、玩具枪，小主人公像个男子汉一样迎战“噩梦”，选择用代表男子气概的玩具坚定地进攻，用较为传统的玩具来进行防守。至于画面中的那个小号，它不仅可以吹响战斗号角，还可以吹响警报，但从始至终都没有被使用过，因为作者明白，主人公必须依靠自己去寻找战斗的武器。

剧情在书的第五个跨页开始出现转折：“一天晚上，我决心彻底干掉壁橱里的大噩梦！”同一组线索告诉我们，故事即将发生转变——玩具木马变成了三轮车，这暗示了时间的流

梅瑟·迈尔
《我的壁橱里有个大噩梦》
蒲公英童书馆 / 贵州人民出版社

经过月光照耀的窗边，经过爸爸妈妈熟睡的房间，
妈妈！爸爸！

莫里斯·桑达克
《午夜厨房》
蒲公英童书馆 / 贵州人民出版社

尤里·舒利瓦茨
《一个星期一的早上》
麦克米伦世纪 / 二十一世纪出版社集团

逝和主人公的变化。尽管主人公对接下来的战斗所产生的忧虑达到了最高峰，但士兵已经被整齐地摆放在了床头柜上，轰炸机增强了战斗力，还有四轮卡车和弹珠等其他玩具，也在以它们的存在表明：小主人公所接受的教育，是要他永远做一名男子汉。

窗外，月亮已化为满月，这既是美好与神奇的象征，也是对桑达克的借鉴，当然也可以用最普通的说法来解读，因为从窗户往外看，你可以看到邻居家此刻还亮着灯：满月的夜晚是个不眠之夜！除此之外，还有两个细节尤其引人注意：满是废纸和盒子的垃圾桶，还有一本摊在床边地板上的童话书。这两个细节都有所暗示：垃圾桶里的废纸告诉我们，由于恐惧和害怕，小主人公流了很多眼泪；童话书——也是最重要的线索——则告诉我们，男孩此时已进入故事中（地上那本翻开的插图书）。这两个微小的细节与前面那些明显的细节形成对立，向读者传达了一个讯息：给予小主人公战斗力量的既不是与生俱来的男子气概，也不是战斗武器的辅助，而是经验与书籍！

菲利浦·科朗坦
《爸爸！》
蒲蒲兰绘本馆 / 二十一世纪出版社集团

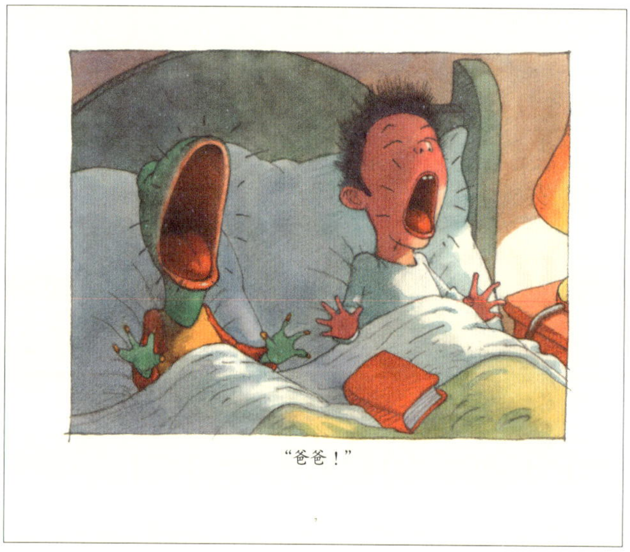

“爸爸！”

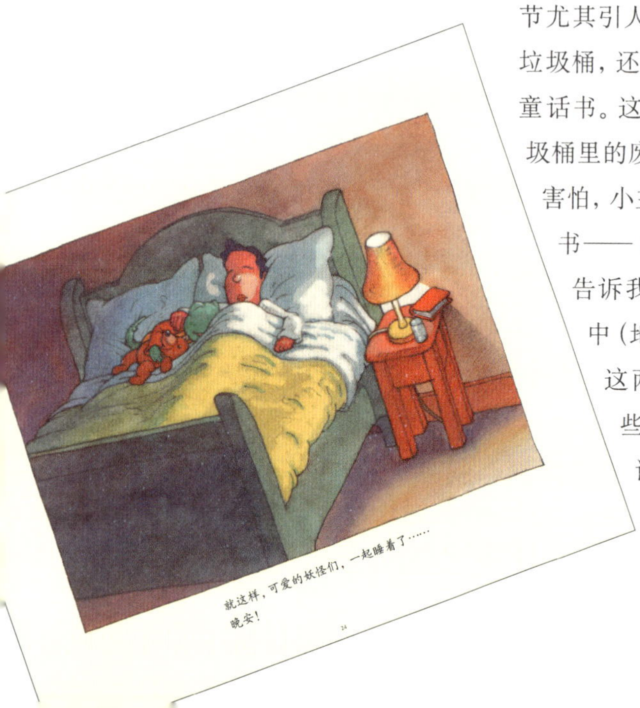

就这样，可爱的妖怪们，一起睡着了……
晚安！

大约三十年之后，法国图画书作家菲利浦·科朗坦出版了拥有相同叙事架构的图画书，故事新颖有趣，书名叫《爸爸！》。的确，到目前为止，我们前面所提到的图画书描绘的多是母子关系。这本出版于1995年的图画书像是在梅瑟·迈尔的图画书基础上的“添砖加瓦”：刻画了一个“在床上，就读书”的热爱阅读的小男孩，正如迈尔笔下的主人公一样，他是一个勤奋爱读书的小读者。此外，故事里的妖怪最终被驯服了，也和我们的主人公成了好伙伴。

但在《爸爸！》中，父母不再只是“语音出境”，而是“亲临现场”。尽管书名和封面都让人期待着一个英雄般父亲形象的出现，但父母出场时所表现的千篇一律的无用行为却令人失望。父亲的处理方式单一而刻板，只是将孩子推给妈妈。在妈妈滔滔不绝的哄睡话语中，孩子机械般地回应着：“睡就睡吧……”像在其他图画书中一样，科朗坦十分看重孩子想象的力量，通过对两个世界模糊的描述，让小读者在阅读时一直迷惑到最后：到

底是梦境，是醒着的幻想，还是儿童想象的创作？作者并没有在书中阐明这个问题，而是把问题的答案交给小读者，让他们自己去思考。

另一位童书大师尤里·舒利瓦茨的第一部作品就是围绕儿童房展开的，故事感性而富有诗意。这个充满主观想象的故事，完美呈现了儿童的幻想世界。

《一个星期一的早上》出版于1967年，该书的第一页和最后一页，都是一个待在自己房间的小男孩，正全神贯注地望向窗外。通常图画书的模式是主人公往返于现实的封闭房间和幻想的想象空间，而这本图画书则另辟蹊径，采用巧妙的蒙太奇手法，以20世纪60年代为背景，让画面在孩子的想象与其日常生活的街区（可能是布鲁克林区）之间来回切换。

《一个星期一的早上》借助文字叙述与图画之间的巧妙衔接，使得故事的时空构建相当出色，并因此成为有关儿童想象的名作之一。在这本书的最后一页，关键的细节被小心地呈现出来，告诉大家这一切都只是一场有趣的幻想，从而自然而然地引导小读者再看一遍，重新领会和品味其中的含义。

虽然和《小尼莫梦乡历险记》的叙事架构类似的作品还有很多，但这里提及的这些作品已经为“儿童”描绘出一幅肖像。在这些优秀创作者的笔下，儿童想象和游戏的力量如此美妙而复杂。他们极富创意的创作方式，使得这些作品成了图画书领域的奠基之作；或者说，至少他们为后来的创作者——像米歇尔·卡尔文、奥利维耶·杜祖、克劳德·旁帝、安纳斯·芙吉拉等——打开了一扇大门。我们从这些作家身上发现，他们有一个共同的特征，都能敏锐地探察到孩子身上那股巨大的创造力。❖

温瑟·麦凯
《小尼莫梦乡历险记》
《纽约先驱报》，1905 年 10 月

莫里斯·桑达克
《野兽国》
蒲公英童书馆 / 贵州人民出版社

# 现实大师 尼古拉·海德巴赫

文／朱利亚·米兰多拉
译／孟晓

尼古拉·海德巴赫现居德国科隆，从事专业插画创作三十余年，创作出版了大量面向儿童和青少年的作品，也斩获了多项国际大奖，如1995年的意大利博洛尼亚童书展虚构类大奖。

尼古拉·海德巴赫
《妈妈》
Gallimard/Le sourire qui mord, 1994

## 独一无二的创造者

孩子们经常由海德巴赫的图画引领着走进想象的殿堂：有的坐在小小的垫子上，竖起耙子当作桅杆，手中握着充当船舵的自行车把手，在想象的海洋里当一名船长扬帆远航；有的使用家里现有的物品，比如桌子、纸箱、食物、植物、体重计、电吹风、枕头、刷子等，模拟自己登上时间穿梭机或驾驶方程式赛车的场景。

在海德巴赫的作品中，我们还能找到一系列神奇的动物：鸟、蜥蜴、大象、鱼、猫、猴子，这些动物跟孩子们生活在一起，有的住在衣柜里，有的住在沙发或床上，也有的能在浴缸和书柜里找到它们的身影。另外，人形的食物、死人头骨、中世纪的死亡之舞这些神秘奇幻的题材也都会出现在他的作品中。

尼古拉·海德巴赫
《爸爸》
Gallimard/Le sourire qui mord, 1994

## 现实与奇幻的对立与统一

海德巴赫在孩子面前是毫无忌讳和掩饰的，因为儿童正是他创作灵感的来源。他会耐心地观察和学习孩子们的动作、做事以及讲话的方式，还有他们心中的规划，等等，这一切都是为了能够更真实地以文字和绘画的形式呈现作品，虽然有时他的作品极具超现实风格，但因为海德巴赫始终从孩子的视角出发，他的作品看似荒诞离奇却都有其现实根据，作品中经常会出现客厅、卧室、浴室、厨房、花园、墓地、公路等场景，这些地方就像是孩子们自己统治的小小王国，和成年人所在的场景截然不同。对于海德巴赫来说，戴上一顶晚间睡帽就可以完美地变身为将军，做个手势贴近耳朵就可以证明正在打电话，或者穿上游泳衣在客厅里逛一圈，也可以畅想为正在加勒比海中浮潜。

海德巴赫作品中的许多场景其实是与现实相违背的，但这也正是作者想表现出的对立感。曾经的“炼金术”不就是把看似毫无关联甚至相违背的东西结合起来，最终得到一个令人意外的新发现嘛。比如《在女孩们的歌剧院里》一书的场景中，小姑娘芙萝拉睡在她自己的卧室里（现实描写），在她的上方漂浮着一条巨大的鳟鱼（不协调的奇幻元素），画满几何图案且向下延伸的墙纸作为背景，巧妙地起到了连接这两者的作用，并使得这幅插图所呈现的静谧的夜晚多了几分在水中的感觉。但是换个角度想想，这样非逻辑的场景也有可能存在于现实中，如果我们不把这幅插图所表现的场景主观地认定为是一间卧室，而是一个建造在水族馆中用以接待特殊客人的酒店呢？一切皆有可能。

儿童比任何人都具有发掘日常事物无限可能的能力，因此他们能让自己快速融入海德巴赫似真似幻的故事中。

## 多元化的象征性元素

一些人批评海德巴赫在创作儿童读物时对创作元素的选择不够谨慎，因为在他的作品中，我们不难找到一些关于性特征、死亡、受刑或宗教的

尼古拉·海德巴赫
《男孩们都在做什么？》
Beltz & Gelberg, 1999

场景，而在这些插图中，死尸、棺材、裸体、石棺中出现的古怪生物等形象，会直接呈现在孩子们眼前。但是纵观人类的生活空间以及历史文化，这些“不谨慎”的画面不正是无处不在的吗？我们为何要在一个允许自由表达的大环境下过度自我束缚，而制造出重重阻碍呢？为什么拒绝给孩子机会去了解现实尖锐的一面？我们又是基于什么样的标准来判定哪些图画可以被孩子接受，哪些是不合适的呢？如果我们试着这样反问，一定会陷入矛盾之中，因为那个给童年读物规定样貌的人，正是我们自己！

存在一些符号、形象、仪式等元素的阅读，可以让儿童自主地形成象征性思维。成人会自动过滤掉很多象征性的符号信息，往往只有很强烈的符号信息才能引起他们的注意，比如，对我们而言，一个自家花园里的沙池只不过是一个供孩子玩耍的场合，可对于孩子们来说，那里充满了各种可能性，正是他们和小恶魔达成“互换棒棒糖协议”的地点，就像《男孩们都在做什么？》这本书中的情节一样。

**意义的转换和多义性**

海德巴赫作品的文字部分也和插图部分一样，包含多个层面的含义，可以有多种解读方式。比如《在女孩们的歌剧院里》以及《男孩们都在做什么？》这两本图画书中，作者在文字部分中放大男孩和女孩名字的首字母，从而达到给孩子展示字母表的目的。再比如，根据文本描写，名叫诺伯的男孩在弹吉他，但是所配插图中却并没有描绘出诺伯在弹奏弦乐器的场景，而是让他怀抱着一个比他更小的孩子，做出拨弦的样子。海德巴赫在写到伊西多尔感到饥饿时，插图呈现出一个饥肠辘辘的孩子正坐在地毯上烤着肉排，那场景就好像他正在野营一样。

除此之外，在海德巴赫的作品中，有很多“妈妈”“爸爸”这两个人物关系带来的暗示，这充分地解释了为什么作者专门创作了两个献给父母的故

尼古拉·海德巴赫
《在女孩们的歌剧院里》
Beltz & Gelberg, 1992

尼古拉·海德巴赫
《女王吉瑟拉》
爱心树童书 / 新星出版社

事。在这两则故事中，根据父母自身的特征和某些相似性，他们和不同的动物形成了关联，像青蛙、啄木鸟、企鹅、鹦鹉、恐龙等。

海德巴赫带有反讽意味且极其巧妙的创作方式也体现在一些合成词的使用上。德语是一种富含口头用语和合成名词的语言，在此基础上，海德巴赫还发明了一些双义词或者三义词，以加强某些场景——如大笑、沉默、怀疑或者争吵的真实感。

## 解构神秘的童年

海德巴赫以自己独特的视角和态度观察身边的孩子。他很反感一些儿童读物的作者为了寻求所谓的创作灵感，用老套的方式来观察孩子，此外，他也拒绝把“童年”这个概念直接设定为天真无邪，至少他自己的童年并不如此。要知道，小孩子和成人一样，有自己的样貌和人格特征——有的不乖，有的不怎么好看，有的不喜欢游戏，还有的总喜欢反驳别人。孩子在天性上并不是完美无缺的天使，比如说，几个孩子分享同一张比萨，小家伙们的表现各不相同，但私心一目了然，严重的话还可能会挑起“战争”，而他们的武器或许是一把塑料玩具剑、一个装石子的小桶、一个大叉子、一把果蔬刮皮器，甚至是玩具斧头、锤子和小匕首。

尼古拉·海德巴赫
《第十三个仙女》
Beltz & Gelberg, 2002

海德巴赫作品中的孩子都是真实可信的，一旦他们在举行某种仪式，比如婚礼，就一定会严格地遵守和执行这个仪式严肃及充满神圣感的一面。即使是在选择加冕的时间、地点上也绝不含糊，他们会先准备好一个华丽的灯罩当作冠冕，再找一个人扮演神父，神圣而庄严地主持婚礼仪式。如果想要办得更加盛大一些，他们会谨慎地邀请很多“客人”来观礼——一般都是长期陪伴自己的布偶娃娃或木偶小人。他们若专注于做某一件事，就会把它当作生活中的真实事件来对待——如果他们的行为表现得恰到好处，那么，即使揪着一条猫尾巴，也会像提着一把提琴那样优雅。

## 独特的人物塑造

海德巴赫作品中的儿童形象也值得重新认识，不论是以单个还是群体出现，每一个都非常与众不同，我们绝不会把他们混淆在一起。在他的作品里，孩子们的性格、呼吸的节奏、游戏消遣的方式，以及他们所感受到的艰难和爱，所表现出来的审美品位等重要信息，都会通过人物的发型、衣着、装扮、走路和跑步的方式、舞蹈表演，甚至是独自静静发呆的场景传递给读者。在海德巴赫的作品中，人物的衣着不仅仅是为了蔽体，更多的是对外展示自己创造的形象。海德巴赫会细心地描绘作品中人物所穿的服饰——他更偏爱展现一些有使用痕迹的旧运动衫——通过不同的配饰、发型、衣物的不同材质和尺寸，每个人物都拥有属于自己的独特造型，看似杂乱无章，实际上都巧妙地结合了许多奇怪的元素。在海德巴赫的笔下，故事人物的形象不停地变化着。

## 神秘主题的力量

在海德巴赫的插图中，怪物是经常出现的元素。这无疑会引起读者的恐惧，但也会引发他们的好奇心，吸引他们去体验怪物所带来的兴奋与恐惧。在《孩子们的天堂》这本图画书的最后一幅插图中，我们能找到好几个印证这一点的例子。一个孩子坐在扶手椅里，沉浸在阅读中，这个场景看似普通，却为我们展现了一幅超现实的奇异景象。在他的左手边，有一只张着大嘴、不知是鸵鸟还是鹤的动物，嘴里叼着一个灯泡，这应该是一个鸟灯。场景中所有的家具，无一例外地都以动物的形式呈现：沙发扶手椅靠背上的纽扣是一只只的眼睛，椅子腿是大象的脚，吊灯是一个矮胖的生物——感觉像是小猪和小猫的结合体，睁着圆滚滚的大眼睛的鱼群在墙壁的挂毯上左右游动，我们不难发现，右边有一条鱼的眼睛不见了，取而代之的是一个长方形的框，看起来像是墙上的一个壁龛。更奇怪的是，孩子手中捧着的书，封面上就是这只鱼的眼睛。尽管周围的环境如此怪异，这个孩子依然认真地阅读着，丝毫不受干扰，也许他的小脑袋里的想法，比周围的场景更加奇幻，更加不可思议。

这样的故事似乎拥有无穷的力量，海德巴赫通过神秘的主题，让小读者也变成故事的主角，他们在阅读的过程中，分享着故事主人公的欢乐。就这样，画中的孩子和画外的孩子成了朋友。在《给布鲁诺的书》中，一个男孩和一个女孩掉进了那本他们正在看的书里，虽然书的内容没有变，但是亲自体验书中故事的感受让他们既惊奇又难忘，所以在故事结束，两个孩子重返现实世界之后，他们非常渴望再一次掉入另一本书，去体验另一次故事之旅。

对家长和整个社会而言，儿童不是人质也不是奴隶，他们就是他们自己。我们不可否认，正是这些孩子让我们这些迷失在生活中的成年人，重新定义和发掘了自由生命所含的意义，以及隐藏其中的更深层次的快乐。

Letzte Zugabe

尼古拉·海德巴赫
《孩子们的天堂》
Beltz & Gelberg, 1994

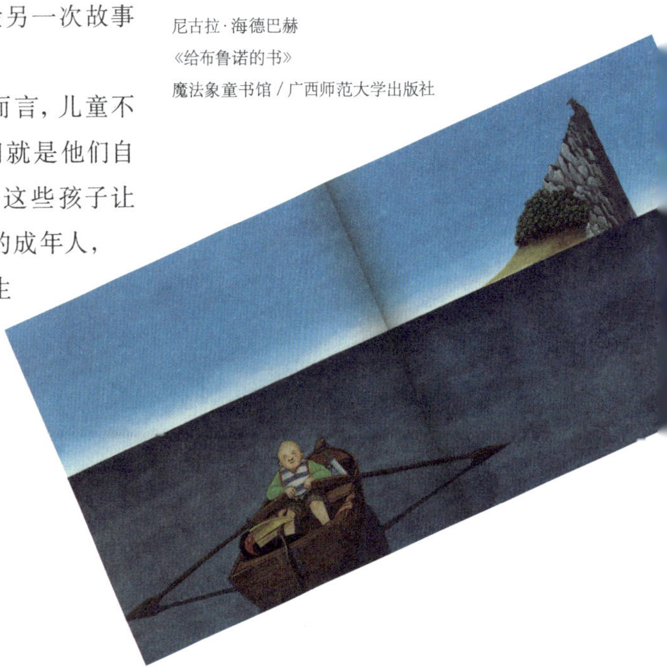

尼古拉·海德巴赫
《给布鲁诺的书》
魔法象童书馆 / 广西师范大学出版社

# 玩 火

## ——游戏存在风险吗?

文／帕特里克·博里奥内
译／张月

游戏是想象力的开关，那么，它是否存在风险呢？图画书作者苏西·李认为，儿童的想象是唯一能为灰暗的成人世界增添色彩的存在，但她也承认，这些如同美妙旅行般的想象不会毫无风险，就像《动物园》中那个把鞋子开心地丢给大猩猩的小女孩，她在动物园里无忧无虑地闲逛，充满了快乐和好奇，而她的父母却正惊慌失措地到处寻找她。《海浪》一书中，主人公闯入被海浪所占领的右半页，并在海水中嬉戏搅闹了一番后，海啸突然涌来，我们勇敢无畏的小主人公随即想要逃离这复仇般狂怒咆哮的海浪，急忙跑进这本书的左半页，即现实世界中。但小女孩并没有注意到，自己将颗颗细小的蓝色水珠带到了这里，随后溅起的海浪沾染了整个页面，可见，没有什么能够阻挡海浪前进的步伐。当浪潮退去，天空被涂抹上美丽的色彩，沙滩上留下了五彩缤纷的贝壳，装点了这本图画书的环衬页。然而，这本书最令读者印象深刻的是，小女孩在幻想与现实之间穿梭时，小小的身体处在书的中缝当中那担忧而谨慎的眼神。

苏西·李
《动物园》
魔法象童书馆／广西师范大学出版社

## 建造与破坏

孩子在玩耍时，往往会忽略身旁发生的一切危险。例如，在克里斯蒂安·布鲁埃尔（Christian Bruel）和尼古拉·克拉韦卢（Nicole Claveloux）共同创作的《堆玩具》一书中，描绘了幼儿游戏的两个步骤：首先，孩子小心翼翼地把玩具堆叠在一起，再听它们“砰”的一声倒塌在地；然后，通过文字中的一句“再玩一次”，来表明一轮游戏结束，下一轮游戏即将开始。但这句话是否代表着孩子的乐趣所在呢？这乐趣是源于建造还是破坏，抑或是两者皆有？其中出现的一些元素让整本书的内涵变得愈加复杂。那句旁白（“再来一次”）证明了即便是幼儿也能随着游戏的进展创造出自己的故事，而整个故事就像在玩一场游戏，

Reviendront en camion
ou peut-être en avion...

苏西·李
《海浪》
kaléidoscope, 2009

克里斯蒂安·布鲁埃尔、尼古拉·克拉韦卢
《堆玩具》
Être, 1998

正如英国童谣《这是杰克建的房子》一样，文字以套娃的形式不断累积。游戏的本质在于游戏者与游戏融为一体，然而，幼小的游戏者却没有办法完全掌握游戏的能量。因此，故事中一些元素的出现与消失永远是个谜——那个倒塌的“蛋糕”或许是被讲故事的人吃掉了，又或许是被全书最后那条不知从哪里冒出的小鱼吃掉了。页面的构图限制了这座巴别塔的大小，书的右页是按照顺序出现的故事角色们，灰色的左页则用文字标记了它们的出场顺序，直到画面再也堆不下其他玩具为止。在砰然倒塌的声音出现之前，巨大的红色惊叹号映入读者的眼帘，那不就是穿着纸尿裤的创造者无能为力的愤怒吗？一句“再玩一次”不就是又一次想要打破堆叠限制的徒劳尝试吗？

另一个例子是由娜塔莎·安德瑞哈密哈多（Natacha Andriamirado）和德尔菲娜·勒农（Delphine Renon）共同创作的《喜欢安静的鳄鱼石石》，这本书也采用了累积的方式来叙述故事。但这一次，书里的角色是各种各样的小动物，它们一个接着一个，或者三三两两地出场，“游戏讲述者”在讲故事的过程中将它们组合在了一起，书的开头部分仅仅出现了鳄鱼石石，随着页面的翻动，动物一个个出现，在场景中叠加，画面也渐渐丰满起来，但鳄鱼石石却一直静止不动，只有尾巴发生些许变化。故事就这样继续发展着，直到某个时刻，孩子的想象力开始疲劳，没有耐心再继续下去，画面忽然就在最后几页开始晃动起来了。

娜塔莎·安德瑞哈密哈多，德尔菲娜·勒农
《喜欢安静的鳄鱼石石》
奇想国童书 / 外语教学与研究出版社

## 展示自我能力的游戏

为了说明不同阶段的儿童游戏的工作机制，我们找一本既能当作模板又有自己特色的图画书——莫里斯·桑达克的《野兽国》来进行分析。如果装扮也是游戏道具之一，那么，迈克斯的那套狼服就是为了让他在穿上之后成为游戏的主角和主宰者。在与“暴躁”的父母对抗之后，游戏里的角色发生了反转：“野兽”本是妈妈生气时对迈克斯的称呼，可在想象的游戏中，他却把父母变成了野兽。试想一

安纳斯·芙吉拉
《魔法床垫》
L'école des loisirs, 2005

下，假如父母看到自己变成了那个样子，他们也许会把恐惧转移到孩子身上。那么，对孩子们来说，《野兽国》会是一本危险的书吗？当然不是！迈克斯身边并没有出现任何危险，因为所有的野兽都是他想象的产物，就像故事开头被钉在墙上的那幅签着迈克斯名字的画一样。真的没有任何风险吗？当然，只要他一直是游戏的主宰者就不会有任何危险。

莫里斯·桑达克
《野兽国》
蒲公英童书馆／贵州人民出版社

在野兽国中发生的每个场景，都对应着迈克斯掌握权力的不同阶段。首先是原来的国王让位于他，向他鞠躬，并把王冠和权杖交给他。接下来的场景是他们像狼一样对着月亮嚎叫，为“开闹”拉开帷幕，此处我们还能感受到整个游行队伍的和谐与团结。而想要获得真正的权力，迈克斯必须在整个团队中占据领导位置，但是我们注意到，在这本书的所有画面中，孩子的比例始终未占到整个页面的一半，因此，迈克斯必须站在画面最高的位置，才能显示出他的领导力。所以在接下来的跨页中，迈克斯吊在了树枝上，与野兽们处于同一条水平线。直到下一个画面才是迈克斯真正取得最高权力的时刻：所有的野兽都用敬畏的眼神望着他，而他骑在了封面上那只唯一长有人类双脚的野兽的肩膀上，它的身体是迈克斯的两倍大，这其实是作者的化身。这意味着，迈克斯慢慢地取代了爸爸的位置，也因此靠近了妈妈。至此，迈克斯已经在潜意识中满足了自己所有的欲望。在他放弃野兽国国王地位的同时，他也失去了对野兽们的控制力，于是，我们在最后的画面中可以看到，迈克斯摘掉了狼帽，脸上露出了满意的笑容，好像在说：“呼！真是一场完美的逃脱啊！”

## 成长的恐惧和欲望

当我们询问孩子关于阅读《野兽国》的感想时，几乎总会得到这样的回答：“这是本会变大的书。”也就是说，这本书的左页通常是用来配文的，后来却一点一点地被插画占据了空间。也可以这样理解，成人空间（配文页）被儿童空间（配图页）抢走了。但他们忽略了书中最后一页的大反转，整个跨页完全空白，只有简短的几个字：“还是热的呢。”——儿童空间消失不见了。在所有由游戏开启幻想旅程的图画书中，安纳斯·芙吉拉的《魔法床垫》占据了一席之地。像其他探索孩童无意识的作品一样，这本图画书表现的是孩子从入睡到进入梦境的不同阶段，这些阶段就像一幢大楼的楼层：首先是入睡前，小狮子艾力在脑海中回忆起白天发生的事情，于是床垫掉进了课堂；随后是浅睡眠状态，艾力和枕套、垫子以及长枕头一家玩耍起来；接下来就是梦的世界了，最开始由艾力自己主导，他飞翔在玩具车的世界里，成了“英雄小狮子”，但很快这个美好的梦境就被他无法掌控的恐惧（噩梦的世界）所代替；最后一个阶段，清晨的阳光涌了进来，这时的场景开始变幻不定，艾力飘浮在梦境之中，各种场景包裹在他周围，让他觉得透不过气。他慢慢上升，回到现实世界，对他来说这是一种重生，海底的旅程是他脑海中对于羊水的记忆。最后一幅画面，也是图画书的封面——落水的船员终于逃离溺水的魔爪之后，筋疲力尽却无比安然的状态。安纳斯·芙吉拉的这本图画书是对《野兽国》的绝对致敬，比如那幅被钉在艾力房门前的“英雄小狮子”的儿童画，就恰好说明了这一点。

美国心理学家布鲁诺·贝特尔海姆（Bruno Bettelheim）曾说：“游戏之于儿童就像思考之于成人。”那么，什么是像成人一样思考的游戏呢？在生活中的某些时刻，孩子们一定会对某些事情产生过疑问，就像瓦力·德·邓肯（Wally de Doncker）和格尔达·登多芬（Gerda Dendooven）共同创作的图画书《如果没有我》中的主人公所提出的问题一样：“如果没有我，生活会是什么样子？”在仔细核查了一切有关自己存在的细微证据之后，比如镜子测验，随即又因镜子中模糊不清的文字而产生了怀疑，于是我们的主人公开始想象，如果没有自己，他的家庭、这个世界将会是什么样子？没过多久，他便陷入一个疯狂的世界，他的妈妈和爸爸互换了身体，他的小弟弟看起来就像自己的泰迪熊，而他的妹妹正站在他的位置上，和他最好的朋友一起踢足球。逃离这个世界的唯一出路就是停止这场威胁他精神健康的危险游戏，为此，他必须堵住思维的两个载体——他的嘴巴和大脑。这最后一个动作让人想起了脱掉狼帽的迈克斯。格尔达·登多芬的插图通过让爸爸的脑袋消失在画面中，或者利用镜子把爸爸的头放在儿子身上，来为读者提供其他可能的解读方式。尽管这些解读总是会与“俄狄浦斯情结”有关，就像书中的这句话：“如果我的爸爸不存在，那么妈妈就是我一个人的了。可是如果没有爸爸，也就没有我了啊。”

看，就像这些图画书中描绘的那样，儿童想象的游戏并非没有危险，这些伟大的作家们对此深知。他们将会给予那些害怕危险的人一些逃脱的方式，让他们一边逃脱一边还会说着：“这一切都是假的！”

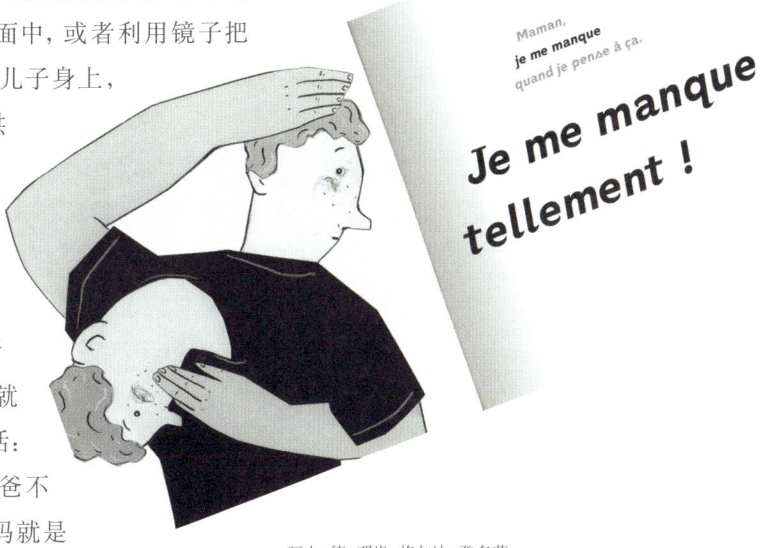


je me manque
quand je pense à ça.
Je me manque tellement !

瓦力·德·邓肯，格尔达·登多芬
《如果没有我》
Être, 2003

安纳斯·芙吉拉
《魔法床垫》
L'école des loisirs, 2005

«Bonne nuit, maman!» dit Éli. «Déjà, mon lionceau?»
«Tu veux que je vienne te raconter une histoire?» demande papa.
«Non, merci», dit Éli, «je crois que je vais m'endormir tout de suite. Bonne nuit!»
Ce que ne savent pas papa et maman, c'est que le matelas d'Éli le lionceau est un matelas magique.

# 熊亮：不能忘记，我们是给孩子做故事的人

文／熊亮

在创作图画书的时候，我们常常会落入一个误区：创作者在作品中只表达感受、表达自己。图画书中的想象，其实是为孩子而想象的，或者是孩子自己的想象。想象并不是简单地在故事里置入某些幻想场景，其重要的作用是为了应和我们的表达，将难以解释的东西在故事中表现出来。童书里的很多故事是虚构的，这个“构”有“构造”的意思，即想象的构造，图画书创作者需要这项能力。在当下国内的图画书创作环境中提出“想象”这个概念非常重要，因为我们的原创作品里有太多的个人表达，而恰恰缺乏“想象”。

## 想象让故事变得更有趣

儿童的想象就是站在儿童的需求和愿望的基础上进行故事创作，是故事重要的推动力。如若没有这种推动力，故事就只是一个完全虚构的空架子；当有了这种推动力之后，想象就可以和孩子的现实生活联系在一起。想象也是一种隐喻。“隐喻”这个词在中国是需要被重新认识的，因为隐喻可以拿来做疗愈。孩子不可能像大人一样去表达内心的某种情绪或感受，即便他们嘴里说着“我懂了”，也并非真的懂了，他们需要通过家长的某个行为的引导或者日常某个事件的启发才会真的懂——而且这个事件必须有趣。所以说，孩子是通过故事来认识世界的，要让故事有趣，就一定要辅以想象。

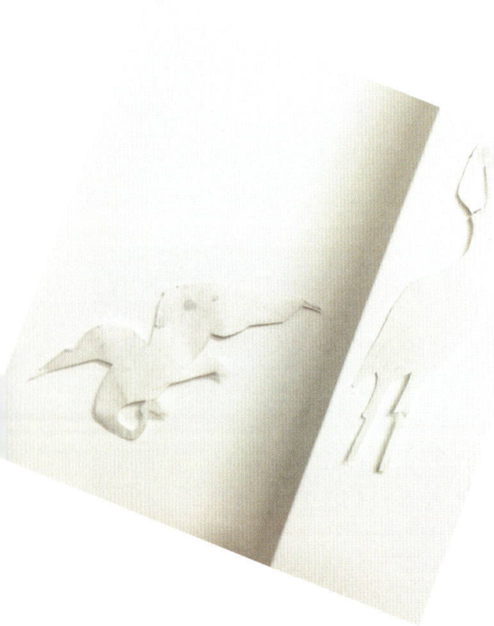

•《和风一起散步》形态的研究：一动一静的鹤

作为图画书创作者，我们在塑造人物时，要把所想象的事物当成真实存在的鲜活的人物去写，因为孩子会相信它真的存在。在《野兽国》里，“野兽”这个隐喻很复杂，它既是孩子对大人的想象，也是孩子对自己内心深处某种想要拓展空间的野性的想象。随着故事的展开，“野兽”这个隐喻在不断变化，这种变化表现在两个方面：一方面是画面空间的变化；另一方面是主人公迈克斯遇到野兽后，在画面上位置的不断变化——一开始他处于居下的位置，慢慢变得平等，再慢慢居上，爬到了野兽的肩膀上。这种变化隐喻了孩子的地位在不断提升。《野兽国》的外在情节是一个孩子和野兽们玩耍嬉闹，内在核心则是一个孩子内心自我空间的拓展和情绪的释放。所以，想象必须有一个丰富的外在情节，和一个极具戏剧性的内在核心，且这个内在核心要符合孩子的内心愿望，只有这两者同时兼具，孩子才能在故事中得到真正的享受和体会。同时，外在情节和内在核心同样重要。外在情节在人物、背景、事件方面一定要足够完整和丰富，内在的戏剧性才有可能推动故事的发生和转变。否则，我们所讲述的故事以及我们的表达都将没有说服力。

“想象”这个词也对我们创作故事提出了更高的要求。很多时候，我们的创作状态处于一种对童年的回忆中。在这种状态下创作出来的故事，表面上看是孩子的故事，实际上一眼就能看到其中的时间线——创作者个人对童年的一种追忆。而读者阅读故事的过程，就好像在旁观一个事件。好故事是可以合着孩子的心跳和呼吸，带领孩子进入其中的。因此，创作者要做故事的带动者，而不仅仅是故事的讲

熊亮
《和风一起散步》
果麦文化 / 天津人民出版社

述者。这两者的区别在于，故事的讲述者只是让我们看到一个有趣的故事，而故事的带动者能带动孩子的内心，这样的故事才真正具有生命力。

**《和风一起散步》：四个名字，寻找风对孩子的隐喻**

《和风一起散步》的故事源于战国时期宋玉的《风赋》。我在看《风赋》时，第一反应是看动态情节，即风如何发生，如何变化。这其实跟图画书的发展逻辑是一样的，有起因，有过程，所以《风赋》拥有可以被改编成图画书的基础。那么还需要考虑的一点是，怎样去表现儿童性？

在我决定以“风”这个主题来创作图画书后，我几乎把所有关于风的纪录片都看了一遍，此外还有中国宗教文化里关于风的隐喻，以及关于风的古代诗歌。风在中国是一种关于“气”的流动元素，但这是成人的表达，要做成图画书，其主观愿望就必须是孩子的。虽然中国古代有很多关于“风神”的典故，可要以孩子为立足点创作一个想象的故事，就不能想当然地去创造一个风神出来，因为这不是想象，而是生搬硬套。怎样给风找一个和孩子相关的隐喻点呢？我认为风可能跟“自由”相关。于是，我想到了两个点子：一个点子是让风和自由产生关系；另一个点子是当风吹到孩子的身上时，孩子可以和风对话。后面这一点来自我儿时的想法。

我们在创作时，会使一本书内含四个名字，这四个名字的意义彼此关联，且层层递进。以《和风一起散步》为例，第一个名字是“风”，这是表面名字；第二个名字是“一起散步”，即孩子和风的互动，这是内核名字（其实每一本书都应该有一个内核名字，比如《小石狮》的内核名字是回归与记忆），具体来说，这本书的内核名字是“风是一切的动力，是孩子的经历，是孩子对外部世界探索的冲动，风可以让自然万物产生联系”；第三个名字是方法论，这本书里所用到的方法是“一静一动”，以此来推进情节进展，营造故事笑点；第四个名字是创作背后更深层次的内核，即我们为什么要写这个故事，这是故事背后的推动力，也是我们创作的初衷。故事怎样发展，怎样转折变化，怎样回归主题，都需要依靠推动力。这个故事要抓住孩子的想象，首先自己要认同风与孩子是有所联系的，这是将风儿童化的基础。当风和孩子调皮捣蛋的经历联系在一起时，风就不再只是一种自然现象，而是孩子的一个伙伴，我在故事里想要表达的就是这一点。

在《和风一起散步》的全部画稿刚刚完成时，我在朋友圈里偶然间看到一篇朋友家孩子写的作文，作文的开头与《和风一起散步》的开篇几乎一模一样。只不过在这个故事的后续情节中，我加入了更多的设计——比如那句“不是我干的”，就是为了营造风与孩子一动一静的互动时所产生的笑点。这其中还包含了一层我延伸出来的意义：风是大人陪伴孩子的一种方式。孩子有其自我成长的能力，我们大人只需要跟他一起经历就够了，万万不可为了避免他调皮捣蛋，就一下子把他的“窗帘”关上，切断他和外部世界所有可能发生的联系。孩子身上所发生的各种问题，都是他成长过程中必然的经历。

熊亮
《梅雨怪》
果麦文化／天津人民出版社

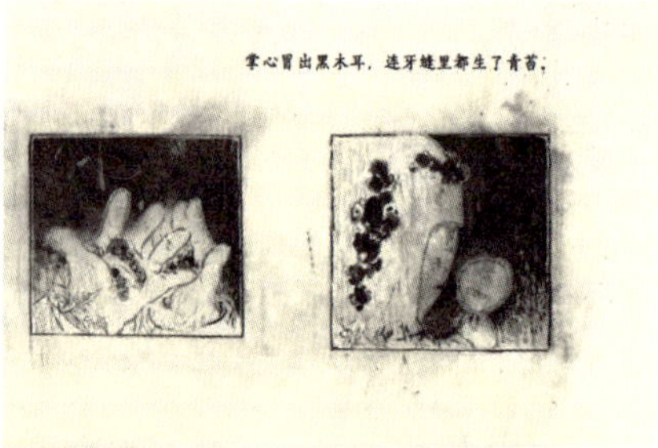


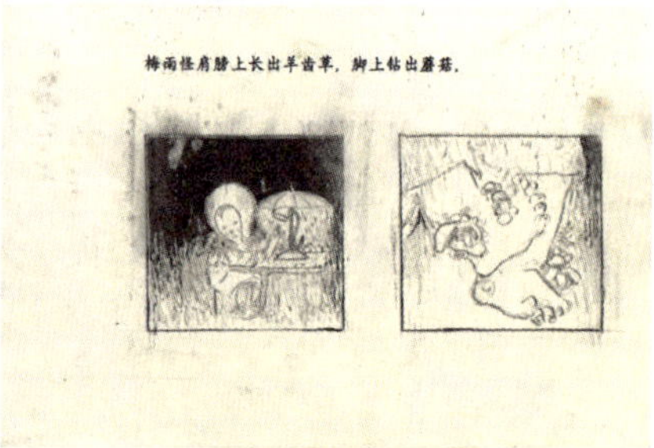


## 《梅雨怪》：创作需要想象不到的个性表达

图画书创作对想象的另一个要求是“合情合理却想象不到”，同时又要符合孩子的心理和欲望，这就要求我们要像孩子那样去思考。比如说，只有孩子才会问出这样的问题：“爷爷也有小时候吗？”我常常强调创作的个性化。个性化不代表一意孤行，而是听从自己内心的一种方式，只有如此，才能想象出一个别人想象不到的东西，从而激发出灵感。创作时，让你的内在核心紧密地贴合在轨道上，而外在情节脱轨，这样的故事才会有阅读的快感。

《梅雨怪》和《金刚狮》是同时间

写出来的故事。但《金刚狮》的戏剧感很强，而《梅雨怪》的戏剧感弱一些。不过，我依然觉得《梅雨怪》是一个很好的故事，这样的故事常常更入心。在《梅雨怪》里，故事的内容更多地用画面来呈现，这样的设计是为了让读者能够“看见”。比如说，梅雨怪在画面里一直处于坐着的状态，他一会儿这样，一会儿那样，读者可以“看”着他发生变化，慢慢地，读者眼里的他就变成了读者自己。

有些人认为，这本书的图画色彩太灰暗。其实一开始，我很想在色彩上先抑后扬，后来之所以选择灰暗的色调，是因为想到我们小时候学的艺术，颜色对比都不怎么强烈，画面内隐而极具韵味，所以那时候的艺术表现都会有一种模糊而疏远的感觉。这就是我当初选择用水墨创作《梅雨怪》的原因。另一个原因是，要用画面表现雨带给人的那种密集的压力感。故事里有一句：“大雨山里每天每夜下大雨，雨丝密得像抹布，而且，一秒钟也不曾停过。”“抹布”是一个具象的事物，带给人一种“一张嘴，鼻子、嘴里都是水”的感觉，那是一种密集的窒息感。而后面，梅雨怪就待在一个一个的小格子里，让读者去观看他的生活。接下来，画面和情节发生了转变——格子消失了，梅雨怪的朋友们都出来了，社交生活由此打开。说到底，这个故事其实讲的是社区关系，可能大家觉得“社

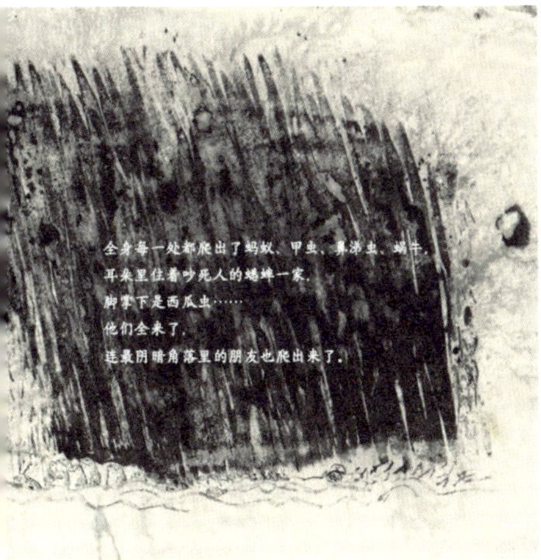

全身每一处都爬出了蚂蚁、甲虫、鼻涕虫、蜗牛。
耳朵里住着吵死人的蟋蟀一家。
脚掌下是西瓜虫……
他们全来了。
连最阴暗角落里的朋友也爬出来了。

熊亮
《梅雨怪》
果麦文化 / 天津人民出版社

区”相当于“街道”，是一个鱼龙混杂而不显高级的地方，然而在我看来，社区是一个更加公平和互助的环境。所以，我将这个故事的内在核心定为“安静、温柔的社区关系”。不过，外在故事的表现确实有点出格，有些挑战大家的接受度，比如梅雨怪的脚上长蘑菇，掌心里冒出黑木耳，牙齿缝儿里长青苔，他甚至还把身上的东西抠下来，煮进汤里面，身上又有各种虫子爬出来，等等。这样的故事可以在国内出版，足以说明我们的创作环境以及市场接受度还是很宽松自由的。

**想象需要有真实的呼应力**

《梅雨怪》不同于《和风一起散步》，这个故事没有典故之说。但是，它有足够的情感和与之对应的现实，所以有时候会让大家误以为中国古代或民间确有“梅雨怪”这个典故。我们在图画书创作时还需要谨记这一点：想象应该有其真实性。我们所想象出来的人物，要真实得就像拥有身份证一样可以被查到，这些故事只不过就发生在另外一个时空而已，这要如何做到呢？

首先，在写故事之前，我们要做很多案头整理工作。若要让想象落地，除了要有架构故事的能力之外，还要用某种专业知识去支撑这种架构。其实，不只是图画书，任何文学形式的创作都少不了这重要的一环。其次，尽可能地去体验生活，因为想象里的体验绝对不是虚构的。正是因为我对风有一个切实的童年体验，《和风一起散步》的故事开头，才会和一个十岁孩子的文章“撞车”。将生活里的体验用到想象里，故事的表达才会显得真实。凯蒂·克劳泽在《夜晚的故事》里有写到“水獭写诗”这一想象情节，她是想表达一种什么样的感觉呢？任何想象情节的出现都是有其背景的，因为凯蒂有耳疾，所以她想表达的是一种极致的寂静感，但这并不是说只有患耳疾的人才能理解这种感觉。我对游泳有一个深刻的体会，跳进水里的时候，随着“砰”的一声，耳朵好像被塞住了一样。所以，我看到“水獭写诗”这个情节时，立即就能明白那种完全寂静的感觉。想象的故事一定要充满极大的呼应力，可以呼应到读者的感受，只有这样，想象出来的故事才会不那么完全的虚构。

和国际童书创作水平相比，我们的创作还有很长的路要走。那些获得过安徒生奖的作者让我看到了这种差距，他们写的故事深入人心，几乎全世界的读者都可以理解。我之所以非常赞同“儿童的想象”这一主题，是因为我们不能忘记，自己就是给孩子创作故事的人。现在，越来越多的创作者都有了给孩子讲故事的愿望。有了这种真诚的、强烈的态度之后，再去发展专业化的能力，把故事创作得更好。创作者不需要总考虑编辑要什么，市场要什么，创意和想象是无法被要求出来的。我们真正需要的，仅仅是一个契合儿童想象的好故事。

# 图画书与儿童想象力

文／阿甲

女儿三岁左右时特别喜欢背诵一首唐诗："银烛秋光冷画屏，轻罗小扇扑流萤。天阶夜色凉如水，坐看牵牛织女星。"我听着她一遍又一遍地背诵，嗓音格外清脆好听。晚上乘凉时，我看她望着天空背诵这首诗，好像很入迷的样子，不禁在想，她知道多少这首诗所表达的意义呢？可是，她当时的情态，难道不是欣赏这首诗的最佳状态吗？

还有一个下午，她兴高采烈地推着自己的玩具车在厅里转来转去，突然很清亮地大声念诵："驱车登古原。"在场的大人开始都是一愣，接着哈哈大笑，因为她似乎颇为贴切地引用了李商隐的那首《乐游原》。在那个阶段，她这样的小故事还有不少。我发现，孩子也许并不太明白一些古代诗词的字面意思，比如"银烛""画屏""轻罗小扇""流萤""天阶""古原"等，这些词汇离孩子的生活很遥远，融在一起后意思更为模糊。可是由于音韵和节奏的关系，他们乐于念诵，久而久之，竟然与自己的生活经验结合在一起，自创了一个意义体系，结果竟然也挺美，可能并不逊色于古诗原有的意境。

与此相比，图画书所激发出来的效果则更为惊人。在女儿二至四岁期间，曾经极度迷恋一本改编版的安徒生童话《白雪皇后》（若谷和子改编，永田萌绘），这本书因被不断地翻阅而破烂，我们不得不前后买了三本。后来出于强烈的好奇，我忍不住探问女儿对这个故事与人物的看法。最令我惊讶的是，迷恋这个故事两年的她，竟然认为白雪皇后一直在帮助加伊和格尔达，为此她自建了一套逻辑体系，在这个体系中，宇宙万物（也包括白雪皇后）都在帮助两个小主人公，最终他们经受住了考验，从此幸福地生活在一起。在女儿重构的故事中，善意完美得纯净无瑕。我想，即使安徒生复生，也不得不赞同吧。

我相信，儿童在阅读诗歌或图画书的时候，都不是在被动地接受，而是在脑子里非常活跃地创造着什么。这种机制大概属于想象力的范畴。

想象作为心理学概念，通常被认为是"在知觉材料的基础上，经过新的配合而创造出新形象的心理过程"。

从哲学家的视角则另有一番表述，如康德（Kant）认为，"想象力（作为创造性的认识技能）是强有力地从真的自然所提供给它的素材里创造出想象的另一个自然"。

无论是哪种表述，想象的基础来源于现实的、已有的素材或经验，然后通过某种创造诞生了新的形象（或一个想象的自然）。借用康德的思路，之所以这么做，是因为原有的经验对"我"呈现得太陈腐，而新的创造超越了经验的界限，"努力达到最伟大东西里追迹着理性的前奏"，本质上是诗的艺术。

无论从养育儿童的经验，还是从专门性的研究出发，大人们常常感叹：儿童的想象力往往远胜于成年人。是否因为在成年的世界里生存会更多地受限于现实经验，而使"超越"变得越来越困难？

安东尼·布朗在他的自传《玩转形状游戏》中感慨，似乎所有孩子都爱玩形状游戏，而且远胜于大人，"长大成人不幸的一面，是我们失去了太多与视觉想象的连接。我们看这个世界所感受到的惊奇减弱了……”我想，在这里，安东尼·布朗发现了某种导致想象力衰退的原因，就是那种体验过程中的神奇感减弱了。

就艺术的欣赏而言，那是一种审美经验与想象力的结合，这种体验有别于特别“理智的”“实际的”经验，在很大程度上要诉诸情感的力量。所以那种神奇感非常重要，尤其是对孩子而言。

图画书作为一种为孩子而诞生的艺术形式，从一开始就是讲述故事的，而故事是唤起情感的最佳通道。安东尼·布朗的插画基本上是超现实主义风格的，也许在纯艺术的历史长河中谈不上有多么重要，但仅就强烈激发儿童想象力而言，应该是超越了那些超现实主义大师们的。

如在他的《大猩猩》中，固然随处可见的超现实主义元素让作品变得好玩、耐看，但对儿童读者来说，更重要的是小主人公安娜在情感上唤起了小读者极大的共鸣。尽管作品讲述的是单亲家庭中一对父女的亲情，但因各种原因受关爱不足也是儿童较为普遍可遇的情感状态。书中父女俩面对面吃早餐的画面，孩子与大人世界在形象和色彩上对比所形成的强烈反差，可能会让许多小读者感到颇有几分熟悉；在下一个对开页中，安娜站在门口望着仍在伏案工作的爸爸的背影，安娜的影子延伸向爸爸的方向，却被约束在门框的光影中，父女之间保留着一段无法接近的距离。如此形成的强烈不满足感可能让敏感的小读者非常压抑。在一次小学的插画模仿秀活动中，一位三年级的女孩仿画了这幅画，但很有创意地在安娜的影子和爸爸之间画上了一只可爱的猫，画面顿时变得异常温暖。

安东尼·布朗1976年出版的图画书处女作《穿越魔镜》，基本上停留在用一些好玩的超现实主义创意串起儿童日常生活场景。在第二本《在公园里散步》1977年出版时，艾登·钱伯斯（Aidan Chambers）曾在一个电视节目中突然问他，为什么要画那些带有超现实主义色彩的“形状游戏”，他差点脱口而出“就是为了好玩”（实际上是他当时真实的想法），但一转念间他又撒谎说：“因为我觉得孩子们就是这样看世界的吧。”多年之后，他回过头去看时，发现这个“谎言”其实非常有道理。他后来的创作，主动将这些元素的应用转化为独特的图画书叙事语言，在《看看我有什么》与《汉赛尔和格莱特》中，那些“形状游戏”不再仅仅是故事趣味的调剂，而是故事叙事的骨干。而到《大猩猩》中，从封面到封底，这样的视觉游戏贯穿始终，读者能从中不断发现惊喜，而且再进一步

每天，安娜上学以前，爸爸就出门去工作。晚上，他还把事情带回家来做。
要是安娜有话问他，他就说：“现在不行，我很忙，明天吧。”

安东尼·布朗
《大猩猩》
启发文化 / 河北教育出版社

维吉尼亚·李·伯顿
《小房子》
爱心树童书 / 南海出版公司

细细琢磨，会发现那些奇特的细节也是解读故事的要点。当大猩猩与安娜准备走出房门时，门上那两个门把手暗示着两个不同的世界，读者会更愿意拧开哪一个呢？

约翰·杜威（John Dewey）在《艺术即经验》中谈到想象时提到内在视觉与外在视觉，“这两种视觉的相互作用就成了想象；当想象获得形式之时，艺术作品就诞生了。”日本图画书出版家松居直（Matsui Tadashi）采用了更为东方的表述方式，他认为最优秀的图画书创作者能将不可见的变为可见。比如维吉尼亚·李·伯顿（Virginia Lee Burton）的《小房子》，最初是准备为孩子讲述时间概念的，这是一个看不见也摸不着却实实在在的概念，我们能在内心“看到”（内在视觉），而且极尽丰富而精致。可是这样一个肉眼看不见的概念如何呈现给孩子呢？《小房子》是极佳的范例，它不但完美地呈现了一日、一月、一年，甚至还展示了时代的变迁。创作是这样富有创造性的过程，而阅读同样需要创造力，充满好奇心和神奇感的儿童读者于此一点也不缺，他们在与维吉尼亚·李·伯顿这样的创作者的沟通中，将那些外在视觉经验内化为他们自身的内在视觉经验，同时也在与原有的经验有机结合。他们在阅读《小房子》的过程中，并不仅仅只是收获了时间概念而已。

类似《小房子》这样的范例不胜枚举：比如埃米莉·格雷维特（Emily Gravett）的《兔子的12个大麻烦》将斐波那契数列变成一个疯狂的童话；比如莫莉·卞（Molly Bang）的《菲菲生气了》将一次孩子发脾气的过程变成万花筒般斑斓的色彩世界；当然还有莫里斯·桑达克的《野兽国》将一系列复杂的心理活动变化成远赴野兽岛的一次伟大历险……借用安东尼·布朗提供的思路，这些都是广义的“形状游戏”。对此，儿童表现出更强烈的兴趣，并且往往更擅长于此。这大概就是我们常说的激发儿童想象力的过程。

不过，并非所有“想象”出来的东西都是同等价值的。杜威尝试提出“虚构”的概念与想象加以区分，而筛选的机制主要是时间。“想象保存了下来的原因在于，尽管它在一开始使我们感到奇特，最终会由于它符合事物的本性而为我们所熟悉。”

或许，我们可以这样理解，真正有价值的想象，实际上是某种自我探索的过程，探寻所谓“符合本性”的自我。这很像是“镜像”的隐喻，一个事物通过另一个事物建构自身的图像或形象，喻示着自我通过他者的镜像来达到认识自身和确立自身的目的。

试着读读《别让太阳掉下来》这样的低幼作品，它借用了日升日落的基本原理，但书中的动物似乎完全不懂，却要合力阻止太阳落下，即使落下了，还要想办法挖出来，直到筋疲力尽。但它们的努力似乎没有白费，第二天太阳终于再次升起。从表面上看，故事似乎放弃了教导幼儿正确常识的责任，但实际上它提供了一个非常宝贵的探索机会，幼儿可以在如此美丽的书中体验动物们一次次可爱的尝试，同时体验如何共同努力去实现美好愿望的过程。在那种强烈的美的感受中渐渐积累经验，这种经验有内在的，也有外在的，实际上幼儿也完全可以自己观察真实的日升日落，然后与书中的故事加以印证。但我想，即使他们完全理解了日升日落的原理，也会同样热爱书中那些“傻傻的”小动物们，因为他们之间有情感的连接，仿佛同处于一个精神的桃花源。

当然，总会有成年人担心：类似的阅读会不会让孩子笃信在现实世界并不存在的事实或现象？这样的担心其实很容易找到现实的例证。

一位小女孩五岁多时听妈妈读了加古里子（Kako Satoshi）的《乌鸦面包店》，一时对乌鸦爸爸和乌鸦妈妈带着四个孩子能做出形态各异的面包表示出强烈的好奇和向往。每次去面包房，她都要问：“请问有没有乌鸦面包店卖的那种小狗面包、牙刷面包和雪人面包？”当售货阿姨笑着推荐其他几款店里销售的面包时，小家伙一边选着，一边学着乌鸦爸爸的语气说：“要做很多不同形状、好玩又好吃的面包哟。”即使是上学后，她也仍然相信有一个叫“泉水森林”的地方，森林的上方有一个旋转着的四色风车，那儿有一个乌鸦小镇，那是“乌鸦面包店”的所在地，在那里可以买到世界上各种各样有趣又好玩的面包。

我们都知道，完全不必担心这个女孩将来在事实认知上会出现问题，她不过是处于无限相信童话的最完美的蜜月期，我们甚至可以期待她长大后成为最富创意的面包师或艺术家。因为人之所见，无非是心中之镜像。“乌鸦面包店”对于她来说是无数美好元素的集合：美好的味道、美好的形状、美好的创意、美好的人际关系……世界上可能并不真的存在乌鸦面包店，但那些美好却是真实的，可以期待，也可以创造。

在这个意义上，孩子读着那些富有想象力的图画书，就是真实的体验、超凡的体验，只要不去限制他们的自由，他们就会展现出奇迹般的想象力。因为最美妙的想象，是人的内心达到最自由状态的自然结果。

加古里子
《乌鸦面包店》
爱心树童书 / 新星出版社

郭振媛，朱成梁
《别让太阳掉下来》
中国和平出版社

# 撬动童书中的想象力

## ——利用荒诞之书来教学

文／肯德拉·泰森
译／程诺

童书作家和插图画家早就了解儿童想象的力量。近年来，图书馆员和教师们发现，撬动儿童想象力的过程中蕴藏着天然的教学益处，童书是通往想象游戏、假想世界及虚构故事的途径。通常来说，儿童在父母、看护人或教师的指导下，通过心爱的故事及假装游戏来学会理解周遭的环境。书中的想象世界是用来探索现实生活和社会场景的安全场所，儿童通过书籍和游戏来了解他们的世界。对于大多数童书，尤其是图画书而言，如果不借助象征和隐喻的文学手法，又是在借助什么呢？人们可能会下意识地认为，童书经常以动物作为主人公，只是为了顺应孩子们对大自然的迷恋之情。如果这样想，就会忽视作品中的文学手法，“拟人”通常是一个孩子最初接触到的隐喻。大多数儿童都理解并喜爱小猪奥莉薇古灵精怪的鬼点子、挑食的小獾弗朗西丝的烦恼，或是顽皮可爱的彼得兔的秘密冒险。缺少了隐喻，童书读起来很可能会枯燥无趣，甚至流于说教。

西姆斯·塔贝克
《约瑟夫有件旧外套》
启发文化／河北教育出版社

教育者的目标是维持与学生的持续互动，以创设最佳的学习环境。当一个孩子全身心地积极参与其中，或者用教师的术语来说，是“完全在场”时，交互式教学才能够卓有成效。这种教学场景充分展现了建构主义的教育哲学，知识并不仅仅是被传授给学生的，而是在他们的个人经历中逐渐被建构起来的，儿童不断地将新信息与旧有的知识相互联结，搭建出自己的知识框架。建构主义理论衡量教学成效的方式，是评估学生吸收新知识，并用它来应对现实挑战及冲突的能力。儿童的“在场”（参与和关注）是交互式学习得以实现的必要保证。家长、教师和图书馆员都知道，儿童只有对某个主题真正感兴趣，并意兴盎然的时候，才会投入专注力，而激发想象力则几乎可以确保收获他们的认真思考。这样说来，成功的童书利用想象来培育儿童对阅读和学习的热爱，聪明的教师和家长则将童书作为课堂和行为管理的工具，并用它来构建儿童的知识体系。

作为一名在高校开设的教师培训项目组工作的儿童图书馆员，我常与职前教师及教育系的研究人员合作，因而了解他们要搜寻的童书种类需要符合这样一条标准：能够满足儿童早期教育阶段日益严苛的学业要求及学习标准。就图书馆员的身份而言，我的职责是找到优质的童书作品，让教师可以将其整合到课程计划和课堂教学里。在多年来的课堂工作以及与各个年级的教师的沟通中，我意识到，那些让儿童深感兴趣，并能激发他们想象力的图画书，最有助于维持教师与学生之间持续而有意义的互动。我们似乎可以这样说，最适用的图画书，要在内容上涵盖教育者所需求的领域，同时也能满足学生的社会及情感发展需求。幼儿教师用图画书来培养学生的基础技能，帮助他们完成学业目标，而家长们则被鼓励在家里进行早期读写能力的延伸练习，以支持课堂教学工作。

着眼于儿童与生俱来的野蛮生长的想象力，让他们的心灵得以无拘无束地探索新思想的图画书有很多。本文中，我将集中探讨几本优秀的图画书，它们已被实践证明，可以成功地融入家庭、图书馆、课堂的故事时间或课程计划中。在一种被称为“累积式故事”的文类中，作家和画家以荒诞和滑稽作为叙事手法，在俘获读者想象力的同时，将故事牢固地根植于纯熟的语言习得与实践之上。这种特别的图画书依靠循环往复的文本来构建故事，以逐渐累积的情节来推动故事的进展。渐进式添加叙事细节，唤起读者的预测性期待，同时提供了对语汇的情境化支持，吊人胃口的小悬念能让孩子的注意力保持短暂的集中。不知不觉中，这些书的儿童读者采用一种“循证”的方法进行了早期读写能力练习：字母发音、拟声词、语汇和书面语的重复，已被证实是学习新词汇和语言的一条有效途径。这种叙事方式中所蕴含的累积性，或者恰恰相反——其中的解构性，为儿童展示了数学概念的实例，例如加法、减法和乘法。即便是像物理学或工程学这样的复杂学科，当以儿童发展中的思维所能接受的方式进行创意性探索时，也会变得容易理解。一些更为历史悠久的累积式故事起源于民歌和童谣，在书籍开始普及前的几个世纪中，当口述传统还是乡村教育的主流时，民歌和童谣都是最为常规的教育工具。

累积式故事的一个好例子是《有个老婆婆吞了一只苍蝇》，这个故事来源于一首童谣。在以这首童谣为蓝本的众多知名作品中，由美国知名插画家西姆斯·塔贝克创作的版本赢得了1998年的凯迪克大奖。故事中，一位老婆婆为了试图摆脱自己先前所吞下的动物，徒劳地吞下了一个又一个越来越大的动物，终于在她吞下一匹马后一命呜呼了！孩子们对这个令人毛骨悚然的主题很是着迷，当故事每翻一页，讲到老婆婆正吞下另一种体型更大的动物时，他们会屏住呼吸认真倾听。塔贝克运用他个人标志性的、富有民间艺术风格的插画，巧妙地描绘了老婆婆的不幸遭遇，在孩子们眼前展开了一幅令人难以置信的画面。关于累积式故事，另一个不那么恐怖的例子是同样由塔贝克所创作的《约瑟夫有件旧外套》。这本基于犹太语民歌创作而成的故事，于2000年一举夺得了凯迪克金奖。塔贝克讲述了一个犹太农民的故事，随着他的外套穿得越来越破旧，每一次翻页，这件旧外套都会被重新改造一番。于是，约瑟夫的旧外套变得越来越小，直到最后，他手中只剩下了一个关于机智和节俭的伟大故事。孩子们高兴地看到

西姆斯·塔贝克
《约瑟夫有件旧外套》
启发文化／河北教育出版社

约瑟夫灵巧地把旧外套改成一件件逐渐缩小的新衣物——一件夹克、一件背心——这些东西在约瑟夫那里都能物尽其用。尽管这本书的故事和插图都极富想象力，但真正使塔贝克的版本脱颖而出，从“有意思”一跃而为“有创造性”的，还是他书里的一项独特设计。这本书书页上的镂空部分增加了视觉趣味和书页质感的层次，邀请孩子们预测下一页可能会发生些什么，并反复地探索那些如梦似幻的插图。通过结合触觉的维度，塔贝克的书巧妙地利用了多感官学习的已知益处——在家庭环境中，当照看者与孩子一对一地共享亲子阅读时光时，图画书的触觉质素会尤为具有效益。

打瞌睡的房子
明天出版社

奥黛莉·伍德，唐·伍德
《打瞌睡的房子》
信谊 / 明天出版社

多产的创作组合奥黛莉·伍德（Audrey Wood）和唐·伍德（Don Wood）夫妇为累积式故事创作了一些更为经典的作品，其中《打瞌睡的房子》或许是他们最知名也最受欢迎的作品。作为孩子们的最爱，这本书常年被列入学校图书馆员的基础阅读书单中。在一个阴雨绵绵的日子里，一座静悄悄的房子中，有位老奶奶在她舒适的床上打着呼噜。每翻一页，我们就会看到一个新的家庭成员出现——小孩、狗、猫、老鼠、跳蚤，一层叠一层地在前者的身上陷入梦乡，搭成一座荒唐可笑而摇摇欲坠的“熟睡之塔”。当最后那只清醒的小跳蚤跳上这座熟睡之塔的塔尖后，床终于被压垮了，所有人都倒在了地上。在这里，幽默产生了最大的效果，孩子们看到这堆可笑的“瞌睡虫”在吱吱作响的床上摇来晃去时，会不断地嗤嗤发笑，并想象接下来可能会发生的事情。与此同时，抒情风格、循环往复的文本也为儿童扩充自己的词汇量提供了大量机会。教师和家长则可以用这本书来和孩子一起探索同义词。孩子们在书中会一个接一个地读到睡着了的动物，而用来描述睡觉场景的词汇则在“瞌睡”“打盹”“睡觉”“呼呼大睡”等同义词之间不断切换。

唐·伍德离奇怪异的插图将这个荒诞的故事展现得活灵活现，并与滑稽的叙事风格相得益彰。例如，随着书中人物堆成的“熟睡之塔”越来越高，伍德转向了鸟瞰的视角，这实际上增强了故事的戏剧效果。在小跳蚤最终落到塔尖上之前，它在书里的每一

小孩撞了老奶奶一下。

我们要去捉狗熊，
我们要捉一只大大的。
天气这么好，
没什么好怕的！
哎哟，河水！
又凉又深的河水。
上面飞不过，
下面钻不透。
天啊！
只好硬着头皮向前走。

迈克尔·罗森，海伦·奥克森伯里
《我们要去捉狗熊》
启发文化 / 河北教育出版社

幅图中反复出现，成为一条吸引小读者注意力和好奇心的线索。随着雨渐渐停歇，当书中这场“瞌睡”突然滑稽地结束时，伍德运用了一系列温暖的黄、橙及粉红等色调，描绘出正照耀着房间的明亮阳光。

在迈克尔·罗森和海伦·奥克森伯里的经典故事《我们要去捉狗熊》里，两位创作者引导读者们踏上一段穿越荒野的想象之旅，直接闯入熊穴深处。该书并不完全是一个累积式故事，但仍是一个典型的重复式故事，讲述了一家人想象中的一次大冒险。这本书已经成为图书馆员和教师们在组织朗读活动时最先想到的热门之选。这个故事以一首美国民谣为基础，在重复的诗句中使用了常见的抒情语句：“我们要去捉狗熊，我们要捉一只大大的。天气这么好，没什么好怕的！”这家人的冒险之路不时横亘着潜在的障碍：窸窣作响的茂密草原、幽深冰冷的河水、黏稠湿软的烂泥、狂风肆虐的暴风雪，以及密不透风的树林。每当他们遇到新的障碍时，罗森都会不失时机地搬出这段诗句：“上面飞不过，下面钻不透。天啊！只好硬着头皮向前走。”随后跟着一段描述性的拟声词，用以传达动作，刺激感官。教师和图书馆员们经常会在他们的教室和图书馆里设置“我们要去捉狗熊”的越障游戏，将这本书中感官丰富的语言变为实景。孩子们喜欢在纸草坪上、灌满冷水的儿童泳池里、“暴风雪肆虐”的吹泡泡机旁，或从校园及后院收集来的小树枝间艰难跋涉，同时想象着自己也正在参与“捉狗熊”的大冒险。当他们亲身体会到自己从“上面飞不过，下面钻不透”的障碍物中“硬着头皮向前走”时，儿童无疑在真实情境中学到了介词的含义。

有些书利用重复的文本来增添故事的美感，但不一定能被归类为累积式故事。这些近乎荒诞的故事常用重复的抒情文本来讲述史诗般的冒险，以使读者获得餍足。

在2017年凯迪克银奖作品《他们都看见了一只猫》一书中，布兰登·文策尔（Brendan Wenzel）调动读者的想象力来探索“视角”这一复杂概念。作家引领读者在一只猫的世界里展开了一段奇异之旅，在这段旅程

他们都看见了一只猫

布兰登·文策尔
《他们都看见了一只猫》
未小读 / 北京联合出版公司

布兰登·文策尔
《他们都看见了一只猫》
未小读 / 北京联合出版公司

中，读者从这只猫众多的朋友、敌人及邻居的视角中对它进行感知。而这本书的闪光点就在于，它以极度聪明且富有想象力的方式，呈现出人和各种动物对猫的多种感知。文策尔将不同动物对猫的观感，根植于社会、情感、直觉和科学事实中。作为一个真正的天才，文策尔非常擅长用富于表现力的形式来呈现他笔下的动物，因此，即使没有文字辅助，读者也很容易理解它们的视角。与此同时，他用一句特定的抒情叠句来导入每一只与猫不期而遇的动物："有只猫满世界溜达，长胡子、竖耳朵、毛茸爪。"这句话出现的次数虽然不多，却有着惊人的效果。

雷米·查利普（Remy Charlip）的经典之作《幸运的内德》讲述了一个充满想象力的故事：男孩内德收到一封邀请他去佛罗里达参加生日派对的请柬，问题是他住在遥远的纽约。在内德前去参加生日派对的路上，一系列幸运和倒霉的事件开始交替发生。例如，旅途开始时，内德的飞机引擎爆炸了。由此引发了一连串幸运和倒霉相互交织的事件，最终把内德带到了他想要去的地方。这本书真正的杰出之处在于查利普在艺术方面的独特设计：交替使用彩色与黑白插画，表现内德意外之喜的画面是彩色的，而表现倒霉事件的那些画面则是黑白的。通过这种手法，他利用读者的视觉素养来增强他们对词汇和概念的理解力。我曾与一位教师合作过，她用这本书来教学生理解什么是模式，她复制了这本书的页面，把它们粘在一个大的海报板上，将板子按序排好，就像电影的故事板。总体而言，学龄前儿童都能够发现查利普所采用的叙事方式，也更好地领会了艺术家的图像语言。在职业生涯的大部分时间里，查利普都在研究纯艺术，并从事剧场和表演艺术领域的工作，他作为视觉故事家的技能和戏剧天赋，都在这个极富想象力的故事中得到了充分的体现。

奥利弗·杰夫斯（Oliver Jeffers）的

雷米·查利普
《幸运的内德》
蒲蒲兰绘本馆 / 二十一世纪出版社集团

真倒霉！
发动机爆炸了！
Unfortunately
the motor exploded.

雷米·查利普
《幸运的内德》
蒲蒲兰绘本馆 / 二十一世纪出版社集团

《卡住了》为累积式故事贡献了一本经典之作，该书戏谑地讲述了一个男孩试图把他的风筝从树上解救出来的一波三折的故事。男孩弗洛伊德把一大堆越来越离奇的东西——他的鞋子、他的猫、邻居家的房子——扔到树上，只是为了把卡在树上的前一样东西打下来，然而却发现它们全都卡在了树上。大结局出现在他聪明地想到锯子的时候，弗洛伊德把锯子对准树干，然而在有机会锯下树枝之前，锯子像其他东西一样被他意外地扔到了树上——细想之下，这个荒唐的情节其实也在意料之中。杰夫斯以一种快节奏，甚至近乎混乱的风格来呈现他的画作，这种抽象的形式，连同字体效果，一起营造了一种与故事的戏谑腔调非常契合的轻松氛围。

毋庸置疑的是，无论是在课堂上的小组活动中，还是在家庭亲子游戏的场景中，累积式故事最有可能打造出令人沉醉的阅读时光。递增、渐进式的叙事结构，为故事的讲述或复述增添了悬念。而累积式故事往往是最受儿童欢迎的，他们在一遍又一遍的阅读中找到了真正的乐趣。通过在滑稽、荒诞的情节中循环徜徉，他们一遍遍地重新体验书中角色在面临不断蓄积的危险时那惊心动魄的感觉。

在评估和孩子一起阅读的图画书时，请记住图画和文本一样重要。就定义来讲，图画书是这样一种体裁：书中的图画有着与文本同等重要，甚至比文本更高的地位。图画可以用来支持书面语言的含义，补充叙事，甚至颠覆文本。有鉴于此，再加上图画书的预期读者大多是不识字或者刚刚识字的儿童，图画书中的图像语言扮演了更具意义的交流角色。事实上，图画不仅仅是用来补充文本的，它们是叙事的内在动因。因此，视觉艺术成了强大的交流

A Little STUCK
卡住了

奥利弗·杰夫斯
《卡住了》
奇想国童书 / 海豚出版社

奥利弗·杰夫斯
《卡住了》
奇想国童书 / 海豚出版社

工具，也成了艺术家用来激发想象力的手段。向儿童传授美学、符号语言的力量和视觉素养，永远都不嫌早。

图画书阅读活动中常用的一种方式是视觉交流。制作精良的图画书中的图画可以用来锻炼视觉思维技巧，并提高视觉素养。对于不识字的儿童或是有读写障碍的人来说，图画语言的识别能力（或流利程度）成了周遭环境中至关重要的导航工具。图像语言是图画书天然的主要交流形式。视觉素养指的是从视觉图像中建构意义的能力，它是一套使个人能够有效地发现、解读、评估、使用和创建图像及视觉媒体的技能。图画书为教师和家长提供了利用媒介所固有的各种模式的机会。插图可以用来反映、澄清、放大或扩展文本的含义，也可能会颠覆或改变原意。一本图画书必须既有引人入胜的故事，又有打动人心的图画——这两种协同一致的艺术通过与读者的互动来创造意义。

利用孩子的想象力来深化他们的学习，不仅仅是作家、插画家、艺术家、教师和家长所关心的事情。科学研究表明，从出生起就进行早期读写训练，是儿童在今后生活中获取良好文字素养和学业成功的关键。纽约市教育部网站发布了这样的声明：

科学已经证实，儿童大脑发育的92%发生在五岁之前。研究表明，每天都做和孩子聊天、阅读、玩耍这样的小事，有助于为他们今后在学业和生活方面的成功打下坚实的基础。谈话、阅读、玩耍、唱歌和写作都是教育实践的重要支柱，可以帮助儿童习得早期读写技能，并做好入学准备。

以下这些经验可以通过构建儿童学习与发展的五大领域，为孩子未来在学校和生活中的成功奠定基础。

- 前阅读和写作技能，例如理解字母是具有含义的，可以组合成单词，阅读和写作可以用来分享信息和想法。
- 早期的数学技能，例如学习数字、形状、分类和模式。
- 早期的社交和情感技能，例如分享、解决社会问题、表达和管理情感。
- 学习技能，例如解决难题，运用想象力以及专注力。

我在纽约大学教育学院负责教师培训工作。在挑选儿童文学作品和其他辅助材料，将其纳入纽约大学的童书参考资料汇编，或是在指导教师和家长如何创建自己的班级和家庭图书馆时，我会参考上述列出的学龄前儿童学习标准来作为指导。在满足综合性、多学科课程计划需求的同时，我首先推荐用累积式故事来维持儿童的持续参与和专注。这些书被证明能够培养早期幼儿教育中的以下基本技能：

- 理解力、语言习得和实践、预测推理等方面的读写技能的自由发展。
- 引介文学工具和叙事手法。
- 基础数学和科学概念的早期教育。
- 通过接触多种多样的角色和环境来构建同理心，以获得社会情感支持。
- 经由对图画的观察研究，来培养视觉思维技能。
- 提供乐趣，以建立对阅读和终身学习的热爱。

作为一名服务提供者，我很乐意同希望孩子迷上图画书的教师、看护者及家长们分享从业者的建议。我希望大家在感到舒适的范围内，尽可能多地融入各种交流方式，以保持自己的参与度，并有策略地选择图画书，以满足孩子的特定需求。对从业者来说，很重要的一点是，在引导儿童大声朗读时，自身必须感到自信、舒适及敏锐。除此之外，还需注意以下几点：

- 一定要提前熟悉书籍，记住歌曲和韵律，事先做好计划，了解儿童的需求和兴趣点所在。
- 在挑选书籍时，要寻找重复性的文本，清晰整洁的插图，并找到能激发儿童想象力的故事。
- 要成为一个演员，声情并茂地处理你的声音，变化你的面部表情，重点突出关键词或新词汇，并强调声音效果。
- 实践者也可以调整文本，以适应孩子的语言水平。

读写能力几乎贯穿幼儿生活中的每一时刻。亲身参与的对话、周围人的闲谈、大声朗读的书面文本、唱出来的歌谣、极具戏剧张力的虚构叙事、纸上胡乱涂鸦的蜡笔痕迹——所有这些都会给孩子带来机会，让他们得以每天练习各种语言建构活动。累积式故事依靠奇异的想象脚本，来统合多种读写实践模式，从而为教师和家长提供支持，让孩子能充分掌握早期读写技能，获取终身学习的热情和对阅读的热爱。

奥利弗·杰夫斯
《卡住了》
奇想国童书 / 海豚出版社

# 一个追寻自我的世界

## ——共读李欧·李奥尼的图画书

文／伦纳德·S. 马库斯
译／孔煜也

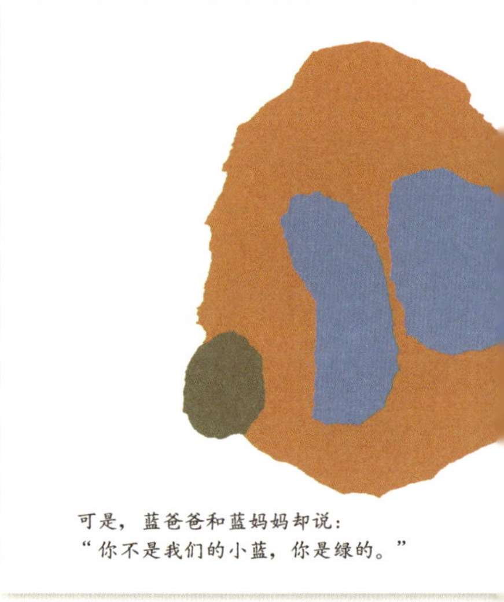


李欧·李奥尼属于西方二战后崛起的一代设计师，这一代设计师认为，强化建筑环境的视觉美感与和谐感，可以使人们的生活更加高雅，也会因此增加世界和平的概率。在美国，这个理想主义设计运动的中心是纽约现代艺术博物馆。1954年，李奥尼有幸创作了该博物馆的25周年纪念海报。次年，他为现代艺术博物馆有史以来最具影响力的展览之一“人类大家庭（*The Family of Man*）”设计了一本作品集，这是一场雄心勃勃的集体摄影展，旨在向人类从出生、成长、衰老到死亡的核心体验的普世性致敬。李奥尼的设计以其明快的拼接色块，迅速成为20世纪标志性的设计风格之一，因此这本作品集在美国大学宿舍和家庭图书馆成为普遍存在的收藏品。对于李奥尼来说，为这场摄影展设计作品集，代表着一段通往书籍制作、叙事意象和哲学反思的惊喜旅程，而这些都是他若干年后转型成为儿童图画书作家的关键因素。

李欧·李奥尼
《小蓝和小黄》
信谊／明天出版社

1959年春，处于转型期的李奥尼决定离开《财富》杂志和整个商业艺术界，将他接下来的生命投入纯粹的艺术创作中。他希望唤醒自己童年时期的奇妙感受，最初正是这样的感受驱动他投身于艺术生涯。在这段全新的冒险之旅开始的时候，他从未想过为孩子创作童书会在其中占有一席之地，这个想法的产生多多少少出于偶然。这个故事经常被描绘为一次火车旅程中的“命中注定”——为了分散两个调皮的小孙子的注意力，他从一本《生活》杂志上撕下几张彩色纸片，放在公文包表面上作为人物，即兴创作了一个图画故事。李奥尼的第一本图画书《小蓝和小黄》就以这次即兴发挥为基础，发展成了一个极简主义风格的故事。

在准备出版这本书的过程中，李奥尼完全可以选择绘制远比当时情急之下做出来的粗糙纸片更精致的图画。例如，他可以制作完美对称的轮廓，而不是边缘毛糙的碎纸片，或者也可以在每个轮廓中绘制面孔，添上线条状的四肢，甚至完全放弃这些纸片，绘制完整精致、色彩丰富的人物或动物形象。然而，他没有这么做，而是选择尽可能地保留“火车版本”原始手工的外观和感觉，使其保持最简单、最抽象的艺术表达形式。李奥尼的目标很明确：让读者拥有最大限度的自由，去想象每一个角色的身份。就像孩子在户外捡起一片叶子或一块石头，在没有任何提示下，就可以把它想象成一个活生生

黄爸爸和黄妈妈也说：
“你不是我们的小黄，你是绿的。”

的小生物，拥有着精彩绝伦的生命故事。李奥尼在他的回忆录《世界之间：李欧·李奥尼的自传》中曾提起《小蓝和小黄》的创作过程：“我将这些圆形纸片撕出来，而不是用剪刀剪出来，因为我觉得平滑的切面会使拥有生命的东西过于机械化。”令他感到极度惊讶的是，并非所有被撕下来的纸片都传达了同样的含义：“我意识到将圆形视为人脸是多么容易的事。”而这不是他所追求的效果。“更粗糙的锯齿状毛边变成了头发，最小的凸起变成了鼻子。”但一个不是那么圆、锯齿状不那么明显的纸片所呈现的抽象形式，不会让读者觉得那只是一张蓝色或黄色的脸，而是小蓝和小黄这两个纯粹而生动的人物。

在第一本书大获成功后，他的出版商希望他可以继续创作，但李奥尼不得不考虑，在他最初为自己设想的不为“截止日期”而驱动的创作生活中，图画书创作在其中占有什么样的地位。如果是在过去，创作《小蓝和小黄》的续集是最理所当然的职业动向，然而现在看来就太过于“商业化”了。出于这个原因，他与自己达成一个协议，要将每一本新的图画书都当成“一次性”实验，作为实验的一部分，他将为手头上的新故事设计出专属于它的绘画风格。而实际上，对于他所创作的每一本新书，李奥尼都是从零开始构想全新的艺术形式的。

即便如此，后来的事实证明，一个主题线索还是将他随后的几本书串联在了一起，这在薇薇安·嘉辛·佩利（Vivian Gussin Paley）记录其幼教经历的回忆录《共读绘本的一年》中有详细的展现。这本书记述了佩利在芝加哥大学实验学校教师生涯的最后岁月，她在自己任教的最后一个五岁孩子的班级中，进行了整整一年的教学实验。她和孩子们沉浸在李欧·李奥尼的图画书中，不仅一起阅读，还根据这些书的内容来创作图画、海报、戏剧和自己的新故事，并且常常展开范围广泛、复杂惊奇的讨论。芝加哥大学实验学校于1896年由美国教育学家约翰·杜威创立，杜威认为，孩子们从直接经验中能得到最好的教育，传统的死记硬背的标准方法并不是最优解，教育的核心目标应该是鼓励孩子发挥自己的想象力，而不是对别人的想法鹦鹉学舌。根据杜威的说法，教师的重要作用是引导孩子自己去进行探索发现，使其自然而然地成为一个思想开放、受好奇心驱使的学习者。

有一天，当佩利重读李奥尼的书时，她突然意识到，这些书提供了一个特殊的机会，可以让她秉承着杜威的教育精神和孩子们一起做些事情。佩利注意到书中有一种极其强烈的、反复出现的主题，她后来将其定义为“个体与大众之间的冲突”。令她为之着迷

薇薇安·嘉辛·佩利
《共读绘本的一年》
爱心树童书／北京联合出版公司

的是，在这一部又一部作品中，李奥尼笔下的人物们以十余种各不相同、彼此对立的方式化解了这一冲突。“读者一定会产生疑问：‘蒂科、阿佛，或者哥尼流，我最像谁呢？还是故事里的其他人？如果我做了这些选择，我的朋友们会有什么反应？’”当幼儿园的孩子们玩角色扮演游戏时，他们会尝试扮演各种新身份。佩利发现，李奥尼的图画书正好为孩子们提供了这种类似“想象游戏”的机会，而且是在更有深度的层次上。

例如在《田鼠阿佛》这部作品中，李奥尼创造了一个爱做白日梦的艺术家形象，相较于群居生活，田鼠阿佛更喜欢与自己为伴，而且他对存储冬粮这种集体活动毫无兴趣。这个故事乍听起来，非常像那则以懒惰的蚱蜢和勤劳的蚂蚁为主角的伊索寓言——蚱蜢最终因为不愿未雨绸缪而饿死了。但李奥尼的故事带来了截然不同的转折，田鼠们最终都理解了阿佛那看似不太实用，甚至顽固不化的工作——他日复一日创作的那些诗歌——对阿佛以及这个集体都极有价值，寒冬中，那是在精神上感到愉悦与温暖的源泉。对一本给五岁孩子看的书来讲，这个故事情节的设置可以说是格外“烧脑”了。在佩利的课堂上，《田鼠阿佛》激发了一次集体讨论，这种讨论是一个对孩子抱有传统期望的老师所无法想象的。佩利回忆说：“在一上午的时间里，孩子们知道了艺术家在社会中扮演的角色，也明白了思考所必需的条件，还有音乐、美术对情感的影响。”

不过，这远远不是这些幼儿园小朋友们从李奥尼深具启发性的寓言中得到的全部收获。一位名叫瑞妮的非洲裔美国女孩对这本书表现出了极大的热忱，佩利觉得有必要用足够的篇幅把她的故事如实记述下来。作为一个拥有棕色皮肤的女孩，瑞妮在这个名叫阿佛的棕色小田鼠身上看到了自己的影子；作为一个表达能力异常突出的孩子，她在诗人阿佛身上感受到了志趣相投；并且，瑞妮拥有非凡的自信，是一个天生的领导者，经常为课堂的小组活动制订议程，她对阿佛坚定不移的个性、不为外界所动摇的勇气产生了强烈的亲近感，因此她与阿佛惺惺相惜。通过瑞妮的例子，佩利想告诉我们，孩子可以充满想象力地运用不同的方式，将

李欧·李奥尼
《田鼠阿佛》
爱心树童书／南海出版公司

自己投射到故事世界中。最能表现这一点的精彩例证，是孩子们排演《田鼠阿佛》的时候，瑞妮竟出其不意地表示希望扮演其他小田鼠。这个决定显然令大家感到费解，难道她不喜欢阿佛了吗？“不，我喜欢，但是他的朋友们都那么爱他。”瑞妮微妙的回答表明，她正在实现童年时期最具有里程碑意义的成长突破之一——一个需要强大想象力的成长冲刺。因为《田鼠阿佛》，她开始明白自己和身边人的想法不一定是相同的。心理学家称之为“发现”，这标志着“共情能力”的觉醒和“思维理论”的出现。这一“发现”使瑞妮难掩兴奋之情，加之瑞妮已经体验过“成为”阿佛的感觉了，所以她现在想知道“成为”李奥尼笔下的其他角色是怎样的一种体验。对于瑞妮和所有读者来说，到达这个新的理解阶段，就开启了一扇故事欣赏力的大门，使我们可以去人际关系的复杂心理中探微寻幽。

佩利分享给孩子们的另一本图画书是李奥尼的《佩泽提诺》。这本书的意大利语书名意为“小块儿”，在李奥尼的故事中，佩泽提诺是一个橘色小方块，他居住在一个“大个子”的世界里，这些“大个子”在视觉上由与佩泽提诺（形状）类似的红色、蓝色和其他颜色的方块组成。起初，佩泽提诺在思索自己在这个世界中的位置时显得有些不知所措，这里的每个“大个子”都有一个彰显自己本领的名字，如“飞毛腿”“游得快”等。佩泽提诺认定自己一定是某个“大个子”身上掉落的一部分，他挨个询问他们：“我是你的一小块儿吗？”但得到的答案都是否定的。最后，他的探寻将他带到了一座无人的荒岛，在这座岛上的经历让佩泽提诺明白，他根本不是别人身上掉落的一小块儿，而是一个独立的存在，只不过恰好和其他人在某些方面不太一样而已。

佩利班上有一个孩子觉得佩泽提诺的故事格外有吸引力。沃特是来自波兰的新移民，正在努力学习英语。幼儿园的其他小朋友都尽可能地让他感到自己是受欢迎的，但即便如此，沃特和其他孩子之间的沟通依然困难重重。利用教室中神奇的马克笔和其他艺术工具，沃特转向了艺术世界，艺术成为他自我表达的方式，他发现他可以轻而易举地用“佩泽提诺”风格创造属于他自己的人物形象，并给同学们带来欢乐。用李奥尼笔下那些简单的彩色方块在纸上创造一个“大个子”，和用木材建造一座塔楼有异曲同工之妙。李奥尼为像沃特这样的孩子提供了一个易于使用的图画词汇库。

在情感层面，沃特也对故事中这个自我质疑但坚韧不拔的主人公抱有身份认同感。他的语言障碍虽然很可

李欧·李奥尼
《佩泽提诺》
爱心树童书 / 南海出版公司

能只是暂时的，但却让他觉得自己处于边缘状态，感到自己与身边其他孩子相比有“残缺”之处。像瑞妮这种自我世界完整的孩子，还有世界上其他像阿佛那样的孩子们，对于佩泽提诺这类故事的需求大概不如沃特那么迫切。然而，正如佩利所说的那样，班上的每个孩子都可以通过将自己想象成一个难以寻找到自我价值的橘色小方块，来获得对集体生活的宝贵认知。

李欧·李奥尼
《蒂科与金翅膀》
爱心树童书 / 南海出版公司

李奥尼是一位极其罕见的图画书艺术家，他创作的故事始终以强烈的情绪为核心，这种情绪正是孩子们为唤醒自我意识和获得社会接纳而做出的努力。佩利在班级中共读的李奥尼的作品中，有一本引起了这一整年中最富有激情的反响，其中也包括佩利本人的回应。《蒂科与金翅膀》的主人公是一只名叫蒂科的小鸟，他非常希望获得金色的翅膀，虽然愿望成真了，但结果却出乎意料。蒂科被伙伴们孤立，其他小鸟因嫉妒而攻击他，偏激地指责他不只是想要变得与众不同，而是想要高人一等。蒂科不得不在他所珍视的两样东西之间做出抉择：代表着个体梦想成真的美丽的金色羽毛，或者是作为社会群体一员而存在的社交生活。这是一个相当棘手的现实困境，所需要的思考难度，远远超过对一个普通的五六岁小孩的要求。佩利回忆说，当她重读这本书的时候，她突然意识到自己也陷入了这种四面楚歌的困境之中。作为一名教师，她当时已经决定转型成为一名作家，开启新的职业生涯，而这一选择却使实验学校的同事们产生了类似的嫉妒和埋怨。由于自己的生活被同样的问题困扰着，佩利迫切地想要了解她的学生们会怎样解读蒂科的故事。又一次，她发现瑞妮提供了最具智慧的答案，那是通过天马行空的想象力才能达成的共情能力。

瑞妮解释道，蒂科确实面临两难选择。他可以拥有金色的羽毛，与此同时过着孤独的生活，或者放弃羽毛（故事里的蒂科就是这么做的），继续与同伴保持关系，尽管这种关系的建立并不完美。接着瑞妮又补充说，另外一群鸟儿可能会对蒂科更加宽容，但蒂科必须生活在能发现自我的世界里，而不是他梦想的世界里。瑞妮的理解之成熟令佩利感叹不已，可见瑞妮有能力真正走进李奥尼的故事世界，除了李奥尼提供的道路之外，她还可以为书中的角色想象出更多的可能性。

在这本书后来的回忆中，佩利讲述了另一个关于瑞妮令人惊讶的能力的故事，那就是她并不把一本图画书视为已完结的作品，而是将其视为自己富有想象力的思考的起点。整整一年的时间里，佩利不断地带孩子们回到李欧·李奥尼的作品里，同时也鼓励孩子们创作自己的故事。为了鼓励这种富有创造性的尝试，她像一个秘书那样记录下孩子们的即兴创作。瑞妮讲述了幻想朋友“棕娃娃”的故事，借此与同学们分享内心的部分秘密。故事中有一个明确代表她自己的“小女孩”，这标志着瑞妮成长过程中的另一个重要飞跃——她那更年幼、更受保护的个人家庭生活，与完全融入同龄人世界的更具复杂性的新生活，深度整合在了一起。瑞妮甚至还把蒂科融进自

可是，当朋友们看到我从空中俯冲而下时，
他们皱起眉头对我说："有了这对金翅膀，
你觉得你比我们都强，是不是？
你就想和别人不一样。"
他们飞走了，再没说什么。

李欧·李奥尼
《蒂科与金翅膀》
爱心树童书 / 南海出版公司

己的故事里，安排蒂科和棕娃娃成了好朋友。

在共读的时光中，佩利和孩子们以每一本共同学习过的李欧·李奥尼的作品为基础，创作了一系列海报。这些海报用大纸绘制而成，一整年都并排悬挂在教室里，这是他们不断充盈集体自豪感的源泉，也提醒着每一个人，铭记这段共同学习的冒险旅程。但随着该学年最后一天的临近，佩利和她的助教妮莎（即将在第二年接替她的工作）开始整理房间中的零散物品，这种日常生活的突然改变，使孩子们不禁开始询问心爱的海报的命运，并请求让这些海报留在这里。妮莎表示，明年新来的小朋友也许也想画自己的海报。而瑞妮却央求道："我们难道不能把它们放着不动吗？否则他们就不会知道我们做过些什么。"她的话语中充满了目的性和自豪感。妮莎最终同意，直到新来的孩子们好好欣赏过这些海报后，再把它们揭下来。"我会给他们讲'李欧·李奥尼年'的故事。"她向孩子们这样承诺。但瑞妮并不满足于此："告诉他们，蒂科可以留着他的金翅膀。"这是瑞妮最后一次重新畅想这则令人难忘的寓言，她解释说，为了同时保住金翅膀和朋友们，蒂科只需要尝试一个她实验一整年并得到验证的方法，这个方法让她在佩利的幼儿班级里，成为一个眼界开阔、敢于表达、想象力不受拘束的成员。她建议蒂科这样告诉他的朋友们："我并不是说我比你们漂亮。只是我在想，为什么你们不留下来和我一起讨论一下呢？先别急着飞走嘛。瞧，这样我们就能一直聊下去了，怎么样？"

# 从日常到想象

## ——凯蒂·克劳泽专访

文／韦罗妮克·安托万－安徒生
译／张月

凯蒂·克劳泽
“爸爸和我系列”
奇想国童书／浙江少年儿童出版社

比利时童书作家凯蒂·克劳泽是2010年林格伦纪念奖的获得者。因为先天性听觉障碍，凯蒂从小的时候起，就与书的世界结下了不解之缘。阅读为她打开了一扇通往另一个世界的大门，而她的创作，也为孩子们打开了一扇神奇的大门。凯蒂说：“独自去发现这个世界，是一件很奇妙的事。当一个孩子拿起我的一本书，我会希望他祈求父母为他一遍又一遍地朗读，希望他将它选作枕边书，更希望他一个人静静地翻阅。”为孩子写作和绘画，一直以来都是凯蒂最想做的事。日常生活中任何一件小事，在她的画笔的挥动下，都可以为孩子创造一个由线条和色彩组成的奇幻世界。凯蒂喜欢那些极具挑战性的主题和人物，因而她的创作范围非常广泛，既有像《小小的她的来访》这样稍显沉重的主题，也有像“爸爸和我系列”那样描述日常生活的幽默愉悦的故事。凯蒂曾经说过，“爸爸和我系列”是她的“消遣”之作。在一些相对沉重的主题（比如孤独、死亡、身份、性别认同等）的创作间隔期，她想画一些轻松有趣的故事，比如购物、野餐、钓鱼、看电影等，这些日常生活中的小小瞬间常常带给人温馨的诗意与美好。在“爸爸和我系列”故事里，不常被孩子接受和喜爱的昆虫世界，经凯蒂非凡的想象与创作，成功赢得了孩子们的喜爱。那么，她是如何做到的呢？

法国作者、博物馆文化研究员韦罗妮克·安托万－安徒生也曾对此感到万分好奇。于是，2016年，她对凯蒂进行了多次深度采访，并出版了《对话凯蒂·克劳泽》一书。本篇采访文章就摘自这本访谈录，它为我们呈现了这部作品创作背后的巧思，以及凯蒂真诚、充满灵气的创作理念。

**韦**：“爸爸和我系列”描绘了日常生活中的某些时刻，或让人紧张，或让人悲伤，或让人幸福，但都是童年生活中的乐趣所在。你能和我们分享一下这个系列是如何诞生的吗？

**凯**：到目前为止，我所创作的图画书都是基于很久以前发生在我身上的事，以至于后来有个编辑竟问我过得好不好。但是我也喜欢很愉悦、很简单、很温情的东西，以及一些日常的小事，这些在孩子的精神世界中都占有很大的比重。我父亲曾跟我说：“如果你能写出像《丁丁历险记》那样的作品就太好了。”后来，我想到了《艾特熊和赛娜鼠》这个绝妙的故事，想到了作品中散发出的温情。于是我发现，描绘一个单亲家庭题材的故事也很

有趣。另外，我是在托芙·杨松（Tove Jansson）笔下的姆明一族的陪伴下长大的，这些善良的小精灵没有嘴巴，但有一双特别讨人喜欢的眼睛。于是我就想用这个形象来创作，当然不是直接复制。最后，我用蜡笔完成了整个系列的创作。

**韦**：对于系列的图画书来说，让读者进入故事并喜欢上主人公是非常重要的事。但以往的经验告诉我们，读者们并不怎么喜欢昆虫，这种动物的感召力很有限，极少出现在儿童喜爱的动物故事书中。然而，米娜这个形象却非常有吸引力，以至于我们会忘记她的物种并开始喜欢上她。你最初创作这个角色时想过这个问题吗？

**凯**：并没有。当时，我只是很想选择一种在以往的著名童书中没有出现过的动物作为主人公。因为，每当我对自己提出挑战时，我总会做得更好。就在这时，我的一位朋友提醒我把注意力转到昆虫身上。他邀请我去观察它们的身体结构、颜色、外形和生活方式，我就这样被它们深深地吸引了。有一种灯蛾，身上像是穿着一件带毛的斗篷，看上去就像猫王埃尔维斯·普雷斯利的大衣。我发现这些昆虫美得无法言喻，甚至蜘蛛也是一样，有很多我们不知道的种类。这样的看法让我自己也感到很开心，因为很多人都讨厌昆虫。我小时候看过一部小说，叫《夏洛的网》。一只被送往屠宰场的小猪和一只名叫夏洛的蜘蛛结下了友谊，于是，夏洛决定将小猪的名字织在自己的网上。人们看到这个了不起的行为后，感到不可思议，便不想再屠宰这只小猪了。多亏了这本书，我再也没有怕过蜘蛛，我也用这种方式告诉孩子们不用害怕它们。我在一张贺卡上第一次画下了波卡和米娜。那个时候网络还没有像现在这样便捷，所以每年我都会制作贺卡，这两个角色就这样突然出现在了有瓢虫装饰的圣诞树下。要问这个想法从哪里来的，我也不知道。对于米娜，我借鉴了米奇的一些特征，比如红色的衣服和竖起的耳朵。脑海中突然出现一些你所熟知的元素，而不是完整地出现某样东西，这在创作中是一件很有趣的事，意味着你已经完成了一半的工作。我在创作的过程中，经常会写下脑海中突然出现的某句话，我也不知道它是从哪里蹦出来的。我会加入一些让我非常感动的事，读者未必会注意到，但正是它们孕育了我的作品，并且承载了很多我希望传达的东西。波卡穿着一条黄色方格裤子，就像英国小熊鲁伯特一样，这来自我小时候看过的“小熊鲁伯特系列”。鲁伯特是一只善良的小熊，他的朋友们性格都有点任性。他经历了许多奇幻冒险，比如他可以进入另一个世界或者另一个空间，就像英国文学中常常出现的那些情节。“小熊鲁伯特系列”是在《每日快报》（*The Daily Express*）上以每周连载的形式与读者见面的。波卡与米娜的冒险都是来源于日常生活中的事件，其中一些直接借鉴了真实生活的场景，比如《看电影》这一册。有一天，我跟我儿子艾利亚斯说要带他去看电影，他兴奋得不得了，立刻跑回自己的房间。我一直在门口等他，等了半天都不见他下来。于是我决定上楼催他快些，结果发现他正在收拾他的毛绒玩具。我问他：“你在干吗？”他说：“我要带上我的毛绒玩具

们，它们从来没去过电影院。”孩子们总有自己的逻辑。

**韦**：波卡和米娜的眼睛和身体被描绘得很生动，很好地反映出了人物的情感和情绪。但像波卡和米娜这样的昆虫在现实生活中是不存在的，为什么当初会选择这样的形象呢？

**凯**：我向来不喜欢给一样东西贴上标签或者取名字，我希望我们能看到它们本来的样子。人们通常会给这些东西强加一个名字以求安心，却最终忘记去观察它们。人们将一种生物命名为“苍蝇”的同时，就以为自己已经了解“苍蝇”了，于是，再也不会去仔细看“苍蝇”一眼。于我而言，我更喜欢这样：我不知道它们是什么，所以我要迎接它们本来的样子。

我很想对我的读者说：“打开你的眼睛和耳朵！”还有许许多多的昆虫没有名字，我相信，在这个星球上，一定存在着波卡和米娜这样的小昆虫。这个世界的创造力远不是我们的精神能力所能容纳和吸收的。这个世界孕育着太多太多不同的生命和物种，波卡和米娜不需要属于既定的哪一种。我读过法布尔的《昆虫记》。法布尔是19世纪末的第一批昆虫学家之一，专门研究和观察昆虫。世界上其实存在着多个世界，当你掀开一块石头，就会发现那里的世界有多么奇妙。你要做的就是给予你创作的角色以及你的读者信任和时间。

**韦**：《钓鱼》是这个系列的第七部，到这部你才写明了波卡和米娜的亲缘关系——波卡是米娜的爸爸。为什么把悬念留这么久呢？

**凯**：我之所以过了这么久才正式揭晓他们的关系，是因为在此之前，我一直希望这一关系不要被说得太明确。波卡是米娜的爸爸、妈妈、哥哥，还是丈夫？我不止一次地选择模糊身份和设置悬念，因为我觉得读者会将自己的需要和愿望投射到他们所看到的人物身上。对我来说，米娜毫无疑问是个小女孩，而我的孩子们却把她看作一个妈妈。我想象中的米娜长着一双小耳朵，因为小女孩的听觉更加灵敏，她们总能听到不同的声音，而波卡的头上就没有耳朵。我在开始创作这个系列的时候，并没有想过要把他们的冒险故事写成四本或五本。只要读者和我都希望有他们陪伴，我就会继续写下去。最开始，我一下子写了两本，而现在，已经是一整个系列了。

**韦**：这个系列与你其他的作品是相互关联的还是割裂的呢？

**凯**：这个系列其实是一种补充。我希望把我所有的爱都倾注到父女和母女的关系之中，但我没有女儿，所以这是我在身边养育一个“女儿”的方式。我很喜欢看到波卡因为女儿米娜的天真性格而心慌意乱的样子。我去参观课堂的时候，才意识到主人公之间的爱原来是如此强烈。当孩子们看到我进了教室，他们便说：“快看，波卡和米娜！”在读书沙龙上，还有些孩子问我，是否可以邀请波卡和米娜去参加他们的生日派对！

**韦**：这个系列的前几本线条和画面简单纯净，留白占据大半个页面来作为场景的背景。而《钓鱼》这本正相反，画面着了很大笔墨，色彩斑斓，在景色上尤其花了很多心思，不论是地面还是水底。波卡和米娜穿着一种绿色外套，很像日本劳工阶级所穿的草制外衣，是一种农民用稻草编织的斗篷，他们吃着青苔蛋糕，喝着青苔茶，这一切都让人联想到了茶道。整本图画书都沉浸在一种日式的氛围当中，这是为什么呢？

**凯**：实际上我意识到了这一点，前几部的绘图很简单，越往后越丰富多彩。这个故事创作于我从日本回来之后，我被日本文化和它的精致讲究所浸润。我甚至觉得受日本文化的影响，我变得爱说话了。我曾读过一本很棒的书，叫《茶的生活》，说出了茶的精神，介绍了茶道以及茶师是如何招待客人的。我惊叹于日本人打理花园和公园的极度细心，很多东西竟然都是靠双手完成的，水、火、土、风四大元素也在花园和茶道中扮演着重要的角色。在小川洋子的一部短篇小说中，就有一个女人非常喜欢修身养性，她来到酒店旁，在青苔地上散步，然后去往一个茅草屋喝上一杯青苔茶。

**韦**：《钓鱼》的故事里再次发生了奇遇，就像《小小的她的来访》中一样。这里的“奥佳夫人”是谁呢？

**凯**：奥佳夫人是生活在水边的一种昆虫，是个青苔爱好者。在日语中，“ga”是飞蛾的意思，而“o”这个音是指一个人很重要。随后，我又请教了一位懂希腊文的老师，他建议我起名为“Mothicusbryonophagus”，意思是“吃青苔的飞蛾”。长着球状眼睛的水下昆虫是龙虱，我看了关于欧洲动物的百科全书，里面的图画是捷克风格的，我就是在这本书的启发下画了它们。在英语里，它们被叫作“水老虎”（Water Tiger），因为它们是令人生畏的捕食者，在潜入水下之前，它们会在腹部的气泡里储存空气，以便在水下汲取其中的氧气供呼吸使用，就像奥佳夫人一样。青苔是藻类和真菌的混合物，它的特殊之处在于没有根，可以附着在任何物体上。它是植物的祖先，这也是让我觉得感动的原因。当你看到园丁们悉心打理他们的青苔时，你会感受到他们对于祖先的敬仰和崇拜。在京都，我们去过一家修道院的餐厅，透过窗子可以看到一幅极其美妙的景象：潺潺溪流的两岸覆盖着青苔。而稻草斗篷是用来给农民御寒的。在这本书中，我不止一次地用各种各样的植物和鱼儿来表达我对水生世界的热情，但我相信这还不够，接下来的一本书将会讲述贝壳的故事。

**韦**：她的房子坐落在斜坡上，门上有门环，窗户上挂着窗帘，奥佳夫人的房子像极了一幢迷人的守林小屋，但穿过这扇门，就能通往另一个世界。为什么要将这幢房子画得如此具有迷惑性呢？

**凯**：我曾思考过：一座建筑物的外观代表了什么？只是一幢房子吗？门后会通向哪里呢？有时候，人们会在外表上仔仔细细地投入非常多的心思，但当你把外表轻轻擦掉一些，就会发现完全是另外一个东西。奥佳夫人看起来像一个有身份的老妇人，为了寻求安宁，她将房子的门面收拾得中规中矩，和屋内完全不一样。我想通过这个房子外部和内部的反差，来提醒读者这一点，我喜欢做这样的事。

**韦**：除了日本，你是不是还在这本书里放入了对其他地方的记忆？

**凯**：是的，荷兰。在荷兰费勒住着一位老妇人，名叫丽莎·福克斯，我和姐姐都叫她“巫婆”，当然，这个称呼毫无恶意。她有一幢非常漂亮的房子，她时不时会邀请我们两个去喝一杯石榴汁，吃些油酥饼——在那个年代我们叫它“饼干”。她的房子里放满了她收集的小人偶，就好像一幢玩具娃娃的房子。对我们这些孩子来说，这一大群娃娃简直让我们难以置信，而且，还有不少小母鸡、小野兔和小老鼠。我最后一次见她时，她带我去了楼上的房间。她关了房里的灯，打开手电筒，给我看贴在天花板上的画。人们都说，这个老妇人的身体里住着一个小女孩。她并不怎么能够融入村子里的人群，在我看来，她有些孤独，她的整个世界都在她的房子里。正是这位夫人让我创作出了“奥佳夫人”这个角色，一个讨我喜欢的怪夫人。

**韦**：波卡和米娜的表情和态度显现出的幽默和调皮，正是你的母亲在你的作品中夸赞的品质。你的母亲在你身上发现了一股巨大的观察力。你是否认为这种品质是你的事业当中必不可少的一部分呢？

**凯**：我对待世界的方式是，一切都顺其自然，凡事都有其解决方式。但有一点很重要，无论你看什么，都要当作是第一次看到，并且永不懈怠。你应该永远进行自我提问：如何将普通得不能再普通的一扇门或者一把椅子变得让人感动？这并不是说只要你觉得某样东西漂亮或装饰得好就去直接画下它，而是你要自问：我为什么要把它画在这儿而不是那儿？我非常敬佩作家们能把人物性格塑造得那样精确细致。我想如果不是因为绘画，也许我就去写作了。当然，未来也不排除写作的可能性，只是现在绘画还紧密地缠绕在我的生活中。我的听觉记忆非常差劲，但这并不一定和我的听力问题有关。我向来记不住对话或者循环播放的音乐旋律，相反，我的视觉记忆非常强大。不过，记忆是一种能力，是可以慢慢锻炼出来的。

**韦**：在《踢足球》里，你通过诙谐巧妙的方式，揭露了体育运动中的性别区分和歧视，而这也影响了孩子的行为。在你的笔下，很少会有社会问题占据故事的核心，为什么这一篇例外呢？

**凯**：我会衡量一本书的影响力，比如《长袜子皮皮》。如果你问一个性格暴躁、叛逆，带点摇滚风格的女人，她童年时期最喜欢的女主人公是谁，她们当中的大部分人会说：长袜子皮皮。我相信就连朋克教母妮娜·哈根也会选择皮皮的。

作为一名女性，我想对女孩们说：如果你很想买一把锤子或是钻头，那就大胆去做吧，不要觉得自己打破了什么既定的规则。

这种性别歧视的现象已经强势回归到了玩具领域。一件光芒四射的女孩玩具一定非常粉嫩，非常具有公主气息。营销专员更喜欢迎合市场既定的需求，而不是承担起鼓励、激发其他行为的责任。我的父亲曾经震惊于我给儿子买了一辆童车和一个玩具娃娃。我并非是对抗男性的女权主义者，我只是想过得自由一些而已。如果一个女孩非常想打扮成男孩的样子并骑上摩托车，那就让她去做好了。

“爸爸和我系列”讲述的都是日

常生活中的小瞬间和小事件，但这些小故事都需要一个能让人会心一笑的结尾。比如这本书封底的米娜，正穿着芭蕾舞裙踢着足球。瑞典人对于这本书的出版就很犹豫不决，因为对他们而言，女孩子想要踢足球不是什么难事，甚至有许多瑞典女孩加入了足球俱乐部，在他们的社会里，这是件稀松平常的事。我儿子四岁的时候喜欢上了粉红色，当时我没有勇气给他买粉红色的毛衣，因为我怕学校的同学会嘲笑他。但是作为补偿，我给他买了粉色的布鞋、粉色的被单和粉色的睡衣，我觉得颜色是一剂良药，你穿在身上的就是你所需要的颜色。在这个系列中，我变得越来越像一个色彩搭配师，因为我越来越会使用色彩了。现在的我已经可以玩转色彩，但20年前我还是中规中矩的：蓝色的天、绿色的草、褐色的树……

由于看了许许多多的景色图片，我的认知水平也慢慢变得成熟高雅。多年以前，我曾拜访过瑞典的一个堂兄，他的房子就坐落在河边。我便观察河水中的倒影，构思着如何将它们画出来。

倒影、透明、无止息地流动，这一切都让水变得很难描绘。经过很长一段时间的观察，淡紫色和科幻蓝出现了，这是我第一眼时没有发现的。眼睛会随着时间的流逝变得越来越敏锐，最终，天空变成了牛奶白、淡紫色、珍珠色和粉红色。

**韦**：艺术源于观察和消遣。让-菲利普·图森（Jean-Philippe Toussaint）和路易-费迪南·塞利纳（Louis-Ferdinand Céline）的文字就能让东京和纽约浮现在我们眼前。你是如何看待创作的呢？

**凯**：我曾看过一部作品，名字我已经不记得了，上面说，如果你想成为一名作家，就必须让眼睛变得敏锐，去发现一些别人发现不了的东西。每当我看到一样东西，不会一上来就告诉自己要怎样把它画出来，否则的话，结果一定不会让人满意。我的工作不是这样，我不是一个单纯的记录者，这不是我选择的路。我会让这些东西进入或占据我的身心。就像我刚才说到的水，我惊讶地凝视着它，就在某一瞬间，有那么几秒钟的时间，我问我自己，如果我要画下它，需要抓住些什么呢？在当下，我没有回答。而在我开始准备画的时候，记忆自动显现在我的画面之中。绘画，就是要用心去理解事物是如何运动变化的。绘画有点像戏剧，需要从人物表面渗透到内心。我必须要渗透进每一株植物、每一块石头，以便弄清楚到底是什么让水变得充满生命力。只有这样，画才会变得有力量。还有很重要的一点是，你在面对要画的事物时所表现出的姿态。比如我要画一棵树的时候，我不是想着要去掌控它，而是对它怀着敬意和感恩之情，几乎是在求得它的许可，好让我将它呈现在纸上。我与要画的事物之间，是相互尊重的关系。❖

# 活了100万次的生命源泉

## ——记佐野洋子的中国寻根之旅

文／唐亚明

日本作家佐野洋子（Sano Yōko）创作的图画书《活了100万次的猫》，在日本四十多年来畅销不衰，几乎没有孩子不知道这本书。这部名作在中国也深受读者欢迎，估计在不远的将来，中文版有可能超过日文版的销售量。很多人佩服佐野洋子的想象力，“她怎么能想出‘活了100万次’呢？太有意思了！”“我要是能创作出她这样的作品就好了。”

佐野洋子
《活了100万次的猫》
接力出版社

现在，市面上出现了很多原创图画书，这是令人可喜的现象，说明了中国原创图画书的飞速发展。但是，我觉得很多作者和编辑对“想象力”有些误解，凭空想象出来的东西站不住脚，破绽百出，没有生命力。我们通过佐野洋子的作品也可以看出，想象绝不是空想，不是异想天开。想象不仅仅是“点子”，而是要来源于生活，来源于作者的人生阅历。这是创作的灵感源泉，也是作品的生命源泉，是根本。那些没有根基的作品，就像建在沙地上的大楼，就像水中的浮萍，迟早会被时光淘汰。“艺术来源于生活”，这是一条颠扑不破的真理。

说起来，佐野洋子比我年长十五岁，我们是“同行”，是多年的忘年交、好朋友。在这篇文章里，我不打算对她的业绩做过多的描述，只想写写她与中国的缘分和情愫，看看她的创作源泉来自哪儿。

记得在1999年建国50周年大庆时，我带她和她的妹妹到北京“寻根”。那是她时隔54年后第一次回中国。当出租车从机场高速下来驶入平安大道时，一排排灰色的平房映入眼帘。突然，坐在我旁边的佐野洋子放声哭起来。在日本，出声大哭的人很少见，这更是我第一次看到她哭，而且她还哭得那么动情。我着实吃了一惊，大概出租车司机受惊的程度也不亚于我，他踩了刹车，后来又放慢了速度。可我却找不出适当的话来安慰佐野洋子，只好默默地等她哭完。

她哭完了，饭店也到了。她告诉我，半个世纪以来，那些灰色的四合院无数次萦绕在她的脑际，出现在她的梦中。佐野洋子出生于1938年的北京。她的父亲曾任北京大学的客座教授，专业是中国农村问题研究，在华北农

白猫生了好多可爱的小猫。
虎斑猫再也不说“我呀，我死过100万次……”了。
他喜欢白猫和小猫们，胜过喜欢自己。

村对中国农民的生活和生产状况做过极为细致的调查。

那时，佐野一家住在西单小口袋胡同甲六号的小四合院里。每天，父亲上班后，她就在四合院的院子里和弟弟玩。她说，在她的印象里，北京的天空是方形的。她清楚地记得，邻家的猫总是蹲在她家的墙上，有时会在墙上走来走去。目不转睛地看着那些猫，成为她幼时的乐趣。她很少走出那座小四合院，只是偶尔出去。但是家里雇用的人是中国人，所以她有很多机会与中国的大人接触。

那时，每天有驴车进城卖水。有一次，她不小心拔掉了水车上的木塞，一车子的水都流了出来，闯下了大祸。她很少有机会和中国孩子玩。有一天，她在院外的大树下和一个中国的男孩子玩了半天，那半天时间成为她终生的愉快的记忆。

就这样，佐野洋子在北京四合院的四方形天空下长到了六岁，后来跟随全家搬到大连住了一年，随后回到了日本。

佐野洋子一直很怀念她的父亲。她说："小时候父亲总不在家，但是每次出差回来，都给我们带回好多中国的点心和玩具。"第二次重访北京时，她想要亲眼看看她父亲调查过的农村。我根据当年的一些资料，找到了离京较近的位于顺义的沙井村。当我们驱车前往时，发现沙井村已不是农村，变成了一片住宅小区，一栋栋新建的公寓楼房正在出售。

佐野洋子黯然。但意外的是，我们通过问询竟然在楼里找到了原来的村民。他们以住进楼房为条件，把土地卖给了房地产开发商。更令人惊喜的是，在七十多年前她父亲的研究资料里出现的村民名册中，竟然有人还在世！

• 佐野洋子与沙井村的村民见面

我们马上爬楼梯敲开了那家的房门。名册上最年轻的张姓农民，当年因父亲去世，十七岁就当了户主，现在他虽已高龄，但身体还硬朗，对当年调查组到来的情况记忆犹新。他看着我带来的复印件告诉我，这些村里的照片他是第一次见到，资料上关于他家有几头牛、几把锄等记载也很准确，关于他进京打过工的描述也一点没错。说着说着，他的妻子从厨房里拿出来两把木柄勺子。我一眼就看出那是日本的东西。

这位婆婆说："当年我给他们做饭，他们一共六个人，我不知哪个叫佐野。他们走时，给我留下了两把勺子做礼物。你看，可好用呢！多少年了，我们搬了好几次家，我都舍不得扔，也许一直用到死吧。"当我把她的话译给佐野洋子时，佐野洋子又一次大哭起来。

佐野洋子在中国成长的七年，奠定了她的人生基础。北京的空气、水、食物不仅养育了她的身躯，对她的美感和想象力也产生了难以估量的影

• 勾起回忆的两把木柄小勺

响。我想，她的艺术土壤与中国的水土密不可分。她作品中的直率、大气、夸张的大陆型风格，在日本作家中很少见，很新颖，也成为她最叫座的特色。

而且，她幼时眼中的中国，没有大人的那些复杂成分和利害关系，她那像北京蓝天般纯净的孩子的好奇心，那种宽阔的视野，后来融入她的作品中。连她那个“活了100万次”的比喻，都不是纯日本人的气魄所能想象出来的。只有大陆广阔的天地，才会产生近似于“白发三千丈”“飞流直下三千尺”的意境。

• 佐野洋子在北京寻故居

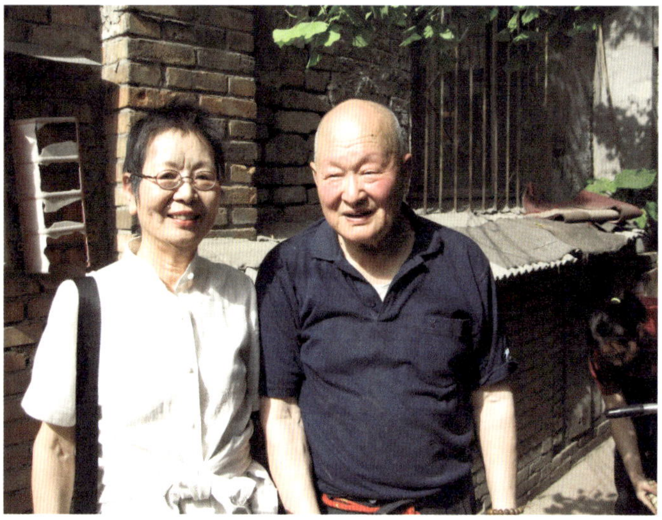

记得我带佐野洋子去天坛公园时，她惊叫起来：“哎，天坛的房顶怎么是紫色的？不是绿色的吗？”我心想：你说什么呢？紫色的屋顶是世界文化遗产天坛的象征，什么时候变成绿色的了？但是，当我们站到天坛下面，我就全明白了。原来，屋顶上面是紫色的，而屋顶下面是绿色的。幼小的洋子抬头看，看到的自然是绿色，所以她的记忆中，天坛的屋顶就成为绿色的了。

我三次陪同佐野洋子回北京，其中两次去西单一带寻找她的故居。根据她记忆中的门牌号，以及能在家里听到有轨电车的铃声、院里有枣树、门外有四棵大榆树、不远处有女子中学等记忆，我们走遍了附近的大小胡同，可最终也未能确认她的故居，估计是道路扩建时拆掉了。她站在西单的大路上，伸开双臂，幽默地说：“这一带都算我的故居吧！”

佐野洋子总是向我显示：“你虽

然是北京人，但是你不知道这种吃的吧，这种用的吧……”她往往会拿出笔来画。我的确大都没有见过。那时我想到，随着时代的变迁，北京的很多东西永远地消失了。虽然春天的地上、桌上总是浮着一层细沙的状况没有根本改变，但是北京已经没有运水的驴车、街上阔步的骆驼、长袍马褂的行人……和八十多年前相比，北京发生了天翻地覆的变化。要找到昔日北京的身影，本身就是一种奢望。佐野洋子说：“这和我记忆中的北京，已不是同一个了。”我心说：“现在是中华人民共和国呀！”

我还陪佐野洋子去过上海和苏杭等地，但她的兴致总也比不上去北京高。在她病得很严重时，我们全家带她最后一次回北京。她说：“我哪儿都不想去，只希望在四合院的院子里坐坐。”我们满足了她的要求，住在一家四合院宾馆。她真的从早上起来就一直坐在院里，望着院里的平房、海棠树和枣树，还有四方形的天空，陷入长久的冥想之中。也许，她的一生正像走马灯一样在眼前不断地掠过吧。

在佐野洋子的告别仪式上，望着她安详的遗容，我想了许久。她是一个日本人，由于她所不能左右的原因，出生在北京，并度过了童年时代。中国的自然环境、风土人情滋润了她，造就了她，形成了她作为作家的基本风格。而她又把这些来自中国的营养通过作品输送给无数读者，影响了不同年龄层的日本人。

在四川汶川大地震时，日本儿童图书评议会决定把佐野洋子的《活了100万次的猫》中文版作为礼物赠送给受灾的儿童们。佐野说，那批书的版税也一起赠送吧。我作为该书的译者，非常感激她。

佐野洋子并不是一个需要媒体吹捧的那种活在理想中的人物。她活得很真实，很坦白，很自由。我想，她不虚伪，不掩饰，不充当好人，不自认是好人，想怎么干就拼命怎么干，为自己认真地活了一辈子。可以说，这些也是她的人格魅力之一吧。她的一生经历过不少挫折，有过不少故事，她离过两次婚，在三个国家居住过……这些人生经历，都以艺术的形式反映在“100万次”中了。

我作为佐野洋子的好朋友和半个老乡，遵守着她说的“我的作品希望全部由唐（桑）翻译”的遗言，把她的图画书一本本地介绍给中国读者。可以说，佐野洋子一生的创作，源头是在中国度过的童年时代。我们在创作图画书时，难道不能从这位伟大的作家的作品中，得到一些启发吗？

*（本文中的照片皆由唐亚明老师提供）*

• 佐野洋子最后一次回北京

# 流淌于字里行间的想象

## ——7本不可不读的理论书籍

文／爱伦·汉德勒·斯皮茨
译／常妮

如果你注意到“想象力”的英文单词“imagination”来源于图画“image”，你就会意识到：孩子的想象力和他所接触的图画书之间的关系，可能比表面看起来的更加复杂。“想象”通常是指在思想、愿望、情感、抽象概念或简单口语的基础上产生的心理图像。然而，图画书提供的却是现成的图像。那么，图画书如何激发孩子们生成心理图像的天赋能力呢？也就是说，图画书是如何激发想象力的呢？想想看，在图画书被广泛传播并被当作孩童时期不可或缺的陪伴之前，孩子们时常紧紧依偎在爷爷奶奶和其他大人身旁，全神贯注地听他们讲故事。当讲述者的声音填满孩子们的耳朵时，他们会在脑海中为自己勾勒出各种各样的人物、场景和情节的心理图像。像我小时候一样喜欢听收音机的孩子们也同样如此。如果用声音来逗他们开心，他们就会创造自己的画面，在头脑里产生幻像。从听觉的传播历史这一角度来看待图画书，我们可能会得出这样的结论：图画书并不会激发想象力，而会因他人（通常是成年人）提供了先入为主的图画，由此扼制孩子富有创造性的想象力。为打破此种偏见，我将在下文中介绍7本理论书籍，以此来告诉大家，图画书是如何在实际生活中激发并丰富孩子们的想象力，而不是先入为主地抢占想象的先机。

### 1.《不要告诉大人：颠覆性的儿童文学》

艾莉森·卢里（Alison Lurie）认为，优秀的童书要从儿童的视角来捕捉生活，而这一视角往往与成年人制定的既定规则和要求背道而驰。我想把重点放在卢里在这本书中写到的有关毕翠克丝·波特（Beatrix Potter）和凯特·格林纳威（Kate Greenaway）的章节上，因为这两个章节与图画书相关。

毕翠克丝·波特是一位技艺精湛的艺术家，她用水彩创作出了柔和而精美的画作。波特喜欢在户外漫游，用科学的好奇心勾勒大自然。她养了许多小动物，这些小动物通过她的想象转而成为书中的各个角色。不过，尽管波特很喜欢小动物，但从未因喜爱而感情用事，她经常绘制紧张而刺激的场景——当彼得兔被麦格雷戈先生用耙子追赶时，我们都看到了耙子上的钉齿，这种场景制造的紧张感让孩子们很容易就能进入故事，并与小主人公们产生共鸣。因此，那只家喻户晓的彼得兔既是一只兔子，也是一个小男孩——他有多像兔子，就有多像小男孩，反之亦然。波特的作品就是一扇让孩子们透过自然界看到现实世界的窗口。

卢里评论道，波特经常以一个小动物或小孩的视角来描绘场景——从低视野看植物，并变焦镜头中的物体。孩子们在阅读波特的书时，会感觉自己身临其境，因此能进入到她所讲述的故事中。这样一来，她的画就激发了想象力，想象力又强化了故事中的语言。在波特那些长久流传的图画书中，想象的元素是非常实在的，比如，当淘气的彼得兔从门底下挤过去时，那种剧痛感特别真实。

1. Alison Lurie, *Don't Tell the Grown-ups: Subversive Children's Literature*, Back Bay Books, 1990

在有关凯特·格林纳威的章节中，卢里指出，有些童书作家和艺术家拥有创造托尔金（J. R. R. Tolkien）所说的“第二世界”的独特天赋。卢里有理有据地展示了艺术家凯特·格林纳威是如何做到这一点的。格林纳威用和煦温暖的阳光、繁盛整洁的花园、甜美可人的小女孩来点缀自己的画。这些小女孩穿着漂亮的浅色连衣裙，永远那么干净清新。另一方面，格林纳威自己并不快乐，她孤独地生活在肮脏、拥挤又惹人厌烦的工业化的伦敦，只能通过自己的艺术投射，逃避到一个似乎更吸引人的世界——一个浪漫完美的理想中的童年王国。卢里理直气壮地声称，这个王国源自诗人华兹华斯抒情性的纯真。孩子们看到格林纳威的图画书，就会用她的眼光来衡量自己，并跟随她的足迹去寻找那个王国。

### 2.《亲爱的天才：厄苏拉·诺德斯特姆书信集》

厄苏拉·诺德斯特姆（Ursula Nordstrom）是美国儿童文学领域极有威望并享有盛誉的前辈。她成功召集了她那个时代的伟人，并担任他们作品的高级编辑，其中不乏像E.B.怀特（E.B.White）、玛格丽特·怀兹·布朗、莫里斯·桑达克这样的著名童书作者。伦纳德·S.马库斯精选了一些她写给作家和艺术家的最犀利、最辛辣、最睿智的书信，汇集成书。尽管“想象力”一词很少出现在她的信中，但这个理念却无处不在。诺德斯特姆追寻出类拔萃的创作者的雷达几乎从不出错，她的品味也无可挑剔。在她的人生信条中，至关重要的一点就是，每个阅读“她的”书的孩子都必须感到“被考虑到了”，即让每个孩子都“感到温暖并被照顾到”。图画书的视角和语言必须符合孩子的视角和语言。比如1952年，她在写给E.B.怀特的一封信中，就《夏洛的网》中的蜘蛛应该有一张什么样的脸进行了反复斟酌和讨论——如果蜘蛛夏洛有一张脸，该是一张什么样的脸呢？“不管怎么样，”诺德斯特姆简略地指出，“夏洛毕竟是一只蜘蛛啊。”

诺德斯特姆对于图画也有自己独到的见解。她认为，图画书的艺术必须是原创的、适合文本且令人无法抗拒的。当一个画家将自己的作品拿给她看，并表示他的作品会制作成大开本，用漂亮的图画来装饰时，她会认为他所说的话“玩世不恭、令人作呕”。她含蓄地表示，图画意象不仅要与文字联系在一起，还要与故事本质联系在一起，这样，孩子们才能真正感受到温暖和鼓舞。最好的图画会让人流连忘返，在人们的脑海中扎根几十年。

### 3.《在图画书之内》

是什么让一本图画书经久不衰，成为经典？《在图画书之内》优先在心理学方面给出了答案：一本好的图画书会很显著地探讨儿童的成长主题。这本书的每一章都涉及与儿童相关的话题：夜间分离、被遗弃的恐惧、好奇心、淘气、身份认同和自我接纳。在写这本书的时候，我和我的研究助手一起在哈佛大学的皮博迪公寓给三到四岁的孩子们读图画书，希望能借此向大家展示图画是如何以一种作者、艺术家、家长或老师无法预见的方式来激发孩子们的想象力的。

《阿罗有支彩色笔》讲述了一个小男孩用一支彩色笔即兴发挥，创造出了自己的睡前冒险。故事里流露出来

2. Leonard S. Marcus (editor), *Dear Genius: The Letters of Ursula Nordstrom*, HarperCollins, 2000

3. Ellen Handler Spitz, *Inside Picture Books*, Yale University Press, 1999

的超级自信对孩子们来说无疑是一种公开的邀请，让他们自己去开发想象的无限可能。在书的结尾处，阿罗累了，想要回家，却不记得回家的路，直到他看到一直跟着自己的月亮，想起月亮曾挂在卧室的窗户上。于是，他用笔画出一扇窗户，框住了月亮，就这样，他回到自己的床上安心入睡了。

在讲到这本书时，一个四岁的孩子问我们：阿罗明明在外面散步，怎么又会在家里呢？另一个孩子猜测是因为时间问题（之前是在外面，但现在在家里）。还有一个孩子（显然没有发现任何矛盾）坚持说："他一直在家里，他只是在外面走来走去而已。"第四个孩子也给出类似的答案："他同时在家里和外面。"当被问到该怎么做到同时在家里和外面时，一个小女孩给出了很有想象力的回答："你可以站在门口，一半身子进去，一半身子出来呀。"可见，当孩子们凝视着书页时，他们会开始思考。读《阿罗有支彩色笔》时所产生的这些思考，说明图画书可以而且确实能够激发孩子们的想象力。

### 4.《黎明之门下的风笛手：儿童文学的智慧》

乔纳森·科特（Jonathan Cott）在这本书的开篇就告诉读者，他喜欢在一家图书馆的儿童阅览室里闲逛着挑选书籍，直到有一天，一个小女孩好奇地问他（一个成年人）在那里干什么。在咕哝了一些不满意的话后，科特决定写一本书，以找到一个更好的答案。科特通过对八位著名作家和艺术家的深度采访，让这些才华横溢的天才大放异彩，以此来证明儿童书籍对人的一生极其重要。威廉·史塔克就是受邀采访的图画书作者之一。

史塔克是《纽约客》杂志著名的漫画家，直到六十多岁时，他才成为一名图画书作家。史塔克经常把图画的想象看得比文字的想象更重要，尽管为了取悦大家，他偶尔也会把晦涩难懂的词汇带进书中。他的故事里几乎总是以直立行走的、会说话的动物为角色。史塔克相信，孩子们很容易理解书里的动物都是有其象征意义的，比如，狗可以代表一个孩子，而之所以使用动物形象就是为了"与生命本身对话"。关于这一点，科特认为史塔克所钟爱的狗形象——多米尼克，是"典型的流浪汉式英雄"，或者说是"堂吉诃德"。通过联想的路径，史塔克为角色设计出了富有想象力的动作，就像我们在《多米尼克的冒险》中看到的那样，一只色彩斑斓的孔雀尾巴逐渐变成了花朵，每当花朵被触摸时，就会发出叮当作响的乐声。阅读史塔克的作品，孩子们可能会有一种腾空而起、共同嬉戏、享受纯粹物质生活的冲动，正如《驴小弟变石头》高潮部分所展现的令人难忘的重聚场景一样。史塔克的这一杰作，突出了爱的主题，这就是史塔克风格的核心。当被问及自己最喜欢的图画书时，史塔克选择了《驴小弟变石头》，他说，他在这本书的创作过程中感到了"兴奋"——情感丰沛、令人愉悦以及爱的存在。所有的这些，他通过自己的艺术直接传达给孩子们，并激发他们与他一起去爱、去想象。

### 5.《掉进兔子洞：儿童文学领域的冒险与不幸》

在这本书里，塞尔玛·G.雷恩（Selma G. Lanes）首先将童书与广告、电影进行了比较。她声称，这三种形式都具有创造性、实验性和生命力。

4. Jonathan Cott, *Pipers at the Gates of Dawn: The Wisdom of Children's Literature*, Random House, 1983

5. Selma G. Lanes, *Down the Rabbit Hole: Adventures and Misadventures in the Realm of Children's Literature*, Atheneum, 1971

然后，她谈到了一些特殊的话题，包括出版实践、评论文章、主题图书和作者的个性。接着，她又着墨一章来讨论社会问题，间接地涉及到想象力。这一章节提到了图画书中所涉及的种族偏见或民族刻板印象的问题。雷恩以《小黑人桑波的故事》为例作为开篇，该书由苏格兰女作家海伦·班纳曼（Helen Bannerman）为她的两个女儿所写。这本书出版后声名鹊起，但半个世纪后，却因其被指出带有贬义的种族刻板印象而在美国遭到严厉的谴责。那么，这本书与孩子的想象力又有什么关系呢？我们可能会提出这样的问题：如果一个种族、阶级或其他群体的人物被描绘得带有贬损意味，那么这些负面的描绘是否会在小读者的想象中留下印记？在《小黑人桑波的故事》的例子中，我支持雷恩的观点，即原作讲述了一个英雄人物的故事，且在心理描绘上极其出色，尽管其形象受到了公认的（但并非有意的）贬低。问题往往是复杂的，雷恩的讨论也激发了我们的思考：图画书对青少年的想象力能做出什么样的贡献，反之，又会如何影响社会变革以及变革的方向呢？

### 6.《棍棒与石头：从蓬蓬头彼得到哈利·波特——儿童文学中令人烦恼的成功》

作为研究格林童话的国际知名专家，杰克·齐普斯（Jack Zipes）在这本书中花了一章的篇幅来研究德国最著名的图画书——《蓬蓬头彼得》。这本极具争议的图画书是由一位名叫海因里希·霍夫曼（Heinrich Hoffmann）的医生所著，起初这只是霍夫曼送给三岁儿子的圣诞礼物，因受到朋友们的鼓励才将此书出版，没想到这本书上市后一个月之内就被卖光了。从那时起，《蓬蓬头彼得》被不断地重印、重译、重新发行。同样地，该书也因其内容中出现的施虐行为而不断受到批评。

但对我们而言重要的是，要注意到霍夫曼相信对孩子们来说，最好的学习是通过眼睛获取的——强烈的图画比文字更能教会我们更多东西。在《蓬蓬头彼得》中，小宝琳好奇心作祟，鲁莽地划着了一根火柴，于是我们看到她漂亮的绿裙子和头发瞬间被点燃，接着，她慢慢化为一堆灰烬；康拉德被要求不要吮吸拇指，但他的母亲离开后，他并没有听话，于是一个裁缝就拿着一把大剪刀把他的拇指剪掉了；小卡每天都不愿意喝汤，渐渐消瘦成一个火柴人，最后，画面上只出现了一块墓碑，旁边还有一个汤碗。在每个故事中，孩子们犯了错误都会受到直接的惩罚。霍夫曼相信，那些色彩鲜明的图画会让孩子们把那些严厉的教训铭记在心。重要的是，读到这些故事的孩子们被迫认识到，抵制不正确行为的道德力量是掌握在自己手中的。而想象力在这里起着关键的作用，它促进了认同和替代概念的形成。

### 7.《砍掉他们的脑袋！——童话和童年文化》

哈佛大学德国文学教授玛丽亚·塔塔尔（Maria Tatar）以研究童话故事而闻名，她认为孩子有着丰富的心理和行为能力。在这本书中，她用了一章的篇幅来介绍莫里斯·桑达克的作品，并引用桑达克的话：“当我写作和绘画时，我和书中的孩子一起去经历他所经历的一切。从迈克斯的旅程中回来，我和他一样松了一口气。”以此来揭示想象力是如何在创作的过程中支

6. Jack Zipes, *Sticks and Stones: The Troublesome Success of Children's Literature from Slovenly Peter to Harry Potter*, Routledge, 2002

7. Maria Tatar, *Off with Their Heads! Fairy Tales and the Culture of Childhood*, Princeton University Press, 1992

撑作者完成一趟冒险之旅。塔塔尔的描述可能会让我们想起克罗格特·约翰逊笔下的阿罗，他的冒险经历同样来自和情感及认知相关的联想链，读过桑达克的图画书的孩子们也会受到类似的微妙启发。

塔塔尔批评桑达克和心理学家布鲁诺·贝特尔海姆“赋予儿童一种他们实际上根本不具备的力量”。在这一点上，我持反对意见。实际上，儿童拥有着惊人的弹性理解能力，正如很多心理学家，如皮亚杰等，都认为儿童在心理上构建出了自己的世界。另一方面，塔塔尔认为，桑达克“复兴了民间文化中滑稽的幽默和怪诞的现实主义”。塔塔尔为我们提供了一个入口，直抵桑达克艺术世界的奇特之地，并含蓄地提醒我们，图画想象力在历史和个人心理学中都有着深刻的根源。

我的第一本图画书

## 吕莎莎

中央美术学院绘本创作工作室2018届毕业生。“蜗牛幼儿园”系列为其毕设作品，巧妙的故事构思和风格鲜明的绘画充满童趣，完成度较高，吸引了诸多关注的目光。目前，吕莎莎在中央美术学院攻读硕士研究生，并将继续专注于图画书创作。她喜欢并擅长版画、拼贴、彩铅等绘画方式，富有童真和灵气。

## 《放学了》

放学了，小动物们要回家了：小老鼠走路回家，小乌龟踩着滑板车回家，小熊坐公共汽车回家……大家回家的方式都不一样。蜗牛老师最慢，可是他却第一个到家。这个故事通过展现小动物们回家的方式，向低龄儿童介绍了各种交通工具，并在结尾处巧妙运用了一个常识观念——蜗牛的壳就是它的家，以此来制造一个对比惊喜，充满想象与意趣。

### 专家点评：

在图画书的创作中，单纯是最难达到的境界。单纯的故事要产生趣味，单纯的画面要不失细节。创作者无法依赖太多的技巧，每一种手法的运用都要得当而且精准。当这样的作品通过阅读者的检验，孩子们说：“真好玩！”就是对创作最大的奖赏。在创作《放学了》的过程中，莎莎经历了化繁为简、返璞归真的历练，手法从写实转为平面，工具换成手工感很强的刻印，仅用三种颜色，只为了画面更单纯、更明确，更接近孩子气的稚拙。当年轻的创作者能够有意识地追求单纯，并最终获得单纯，她就站在了图画书创作的高起点上。

——图画书创作者 向华

29

4

小书制作步骤：

1. 将每一张按虚线要求对折；　2. 按页码顺序排好；　3. 用订书器或针线装订成书。

TAXI

她总是第一个到家。

28

# 放学了

文 / 图  吕莎莎

5

25

8

老鼠同学要回家了。

6

27

7

26

放学了，同学们要回家了。

好了，同学们都走了，蜗牛老师也要回家了。

24

9

21

12

乌龟同学要回家了。

他总是走路回家。

10

23

11

22

他总是坐巴士回家。

鸭子同学要回家了。

16

17

13

20

小熊同学要回家了。

她总是坐电动车回家。

18

15

19

14

他总是踩滑板回家。